新選組最強剣士

永倉新八恋慕剣

◆

日暮高則

コスミック・時代文庫

この作品はコスミック文庫のために書下ろされました。

目次

第一章　藤堂平助と永倉新八

一

慶応三年（一八六七年）の陰暦十一月十八日の深夜。

厳冬の洛西、醒ケ井《さめがい》通り。

南北に通るこの小路の町屋から見送りを受けて、一人の武家が出てきた。

羽織袴の正装ながら、襟元が乱れている。酒に酔っているのだ。足元もふらついている。

間もなく謡曲をうなり始めた。

「これは延喜の聖代に仕えたてまつる臣下なり。さても江州竹生島の弁才天は……」

琵琶湖の小島を舞台にした能の題目「竹生島」の一節だ。

先ほどまでの酒席がよほど楽しかったのか、顔も身体も緩んでいる。

「四の宮や河原の宮居末はやき。河原の宮居末はやき。名も走井《はしりい》の水乃月。曇らぬ御代に逢坂の関の宮居を伏し拝み。山越え近き志賀の里。鳰《にお》の浦にも着きにけり。鳰の浦にも着きにけり」

謡《うたい》の声は夜半近くにもかかわらず、ますます高まっていった。

醒ケ井通りから東西に走る木津屋橋通りに折れる。

直後、商家の店先に立てかけてあった葦簀《よしず》の陰から武家に向かって、一本の長槍が突き出された。

槍は肩をかすめて首筋に突き刺さり、武家は「うぁ」と言ってよろめいた。致命傷にはならなかったものの、傷口に手を当てると、指の間からかなりの鮮血が流れている。

傷と酔いでふらつく武家の前後に抜き身を持った三人の男が現れ、取り囲む。

待ち伏せ襲撃だ。武家は鯉口を切って抜刀した。

襲撃を受けたのは、新選組から分かれた組織「御陵衛士」の隊長、伊東甲子太郎。

葦簀から最初に槍を突き出したのは、新選組隊内で「人斬り鍬次郎」と異名を取る大石鍬次郎で、身内を成敗することにも躊躇しない非情の男だ。

刀を持って立ちはだかったのは同じく新選組隊士の横倉甚之助、宮川信吉と、組の馬丁である勝蔵の三人。宮川は新選組局長近藤勇の甥御で、入隊は慶応元年（一八六五年）と遅い。それ故、叔父の手前、功を焦っていた。

勝蔵は、伊東が副局長として新選組にいた時には専属の馬丁を務めていた。この日の働き次第で士分に取り立てられると約束されていたため、「以前の主人筋を殺しても」といきり立っていた。

伊東は「奸賊輩《かんぞくばら》め」と叫んで、最初に攻め寄せた勝蔵を横払いで切り伏せた。さすが北辰一刀流の遣い手だ。

ただ、槍の一撃を受けた首の傷の出血で、次第に体力を弱め、腰が定まらない。大石も加わって、市中見回りで実戦慣れした新選組の正隊士三人が代わるがわるに斬り込んだ。

伊東は刀を振り回したが、それが三人の体に当たったところで、まとった鎖帷子で跳ね返されるだけ。新選組の暗殺剣によって散々に斬られて路上に伏し、最後は大石の背後からの突きであっけなく絶命した。

「もうよかろう」

大石の指示で、三人は伊東の骸を七条通りと油小路の角まで運んで、そこに投げ捨てた。

骸を囮《おとり》にして御陵衛士をおびき出し、殲滅するためである。


夜半過ぎ、新選組の意を受けて、町方役人が京都東山の高台寺月真院にある御陵衛士屯所に走り、伊東らしい遺骸が七条油小路の角に放置されている旨を告げた。

屯所にいたのは、篠原泰之進、藤堂平助、服部武雄、毛内有之介、富山弥兵衛、加納鷲雄、伊東甲子太郎の実弟の鈴木三樹三郎の七人。

「町方は新選組の回し者に違いない。この知らせは新選組の罠ではあるまいか」

御陵衛士たちは疑った。

しかし、伊東が出かけていることは事実。本当に伊東の遺骸があるならば、引き取りに行かないわけにはいかない。遺骸だけを引き取るのであれば、鎖帷子のいでたちも仰々しい。服部武雄を除く六人は普段の羽織袴で出掛けた。

丑の刻（午前一時すぎ）。七人は、油小路への途上、知り合いの駕籠屋を叩き起こし、遺骸を乗せるための駕籠を用意させ、油小路に急いだ。月明かりが道を照らしていたのがせめてもの救いだった。

御陵衛士の七人は七条通りと油小路の角に遺骸があるのを見つけた。

遺骸の肌は青白く、出血はすでに黒く変色。着物は寒さでこわばっていた。

伊東甲子太郎と確認すると、「先生、なぜ」などと言いながら取り囲み、涙を流した。

七人が遺骸を駕籠に乗せ終わると、辺りを不穏な空気が包んだ。周囲の闇の中から、かなりの数の男たちが姿を現し、御陵衛士を取り囲んだ。
三、四十人ほどであろうか、抜刀してじわじわと包囲を縮めてきた。駕籠屋は逃げてしまった。
男たちは浅葱色ダンダラ羽織の新選組揃いの装束でなく、紺色の無地の袷に襷掛けという恰好だ。

月明かりで、七人にはすぐに襲撃者が何者であるかが分かった。見知った顔ばかりであったのだ。永倉新八、原田左之助、井上源三郎、島田魁、大石鍬次郎……。

藤堂にとって大きな衝撃だったのは、池田屋事件でともに戦って、兄貴分と慕っていた永倉新八がいたことだった。

「昔の仲間がむごいことをする。……是非もない」

藤堂は御陵衛士の仲間とともに抜刀して取り囲んだ一団に相対した。

最初から多勢に無勢、しかも鎖の着込みをしている新選組に対し、御陵衛士側は服部を除いて身に何の防御もない。全員、七条角から幅の狭い油小路に追い詰められ、南北両面から挟み撃ちされる形となった。

篠原、富山が相手の数が多い北方に向かい、毛内と服部がその後ろで塀を背にして控えた。鈴木、加納、藤堂が南方で敵方と対峙した。

人数からいって端から勝ち目がないので、この場から逃れるしかない。前方に出ていた御陵衛士は斬り結ぶことより、相手の剣を払ってどう逃げるかを考えた。

篠原と富山は二、三人と斬り結ぶうちに活路を開いた。腕など数カ所を切られていたが、いずれも浅手。彼らは小路を脱し、西洞院通りに出て京都御所北、相国寺辺りにある薩摩屋敷を目指して逃げた。

富山は薩摩藩出身で、実は密偵として新選組に加わっていたとも言われた男で、ずっと藩と通じていた。

北の後方に控えていた毛内がすぐに新選組の包囲網につかまり、斬り刻まれた。

毛内は常日ごろ書見を好む学者肌で、剣は得手ではない。

服部武雄だけは鎖帷子を着込んでいたので、奮戦できた。

月真院の屯所を出るとき、服部は「これは新選組の企てに相違ない。であれば、先生の遺骸の周りには彼らが潜んでいるはずだ。斬り合いに備えることは必要」として、仲間が止めるのも聞かず、防備を固めた。

服部は二刀流の使い手で、腕が立つ。一時新選組の剣術師範を務めていたほどだ。仲間を逃がすため、一人で複数を相手とし、敵方に多くに傷を負わせた。しかし、本人も数十カ所に手負い傷を負い、戦い疲れ果てたところで原田左之助の種田宝蔵院流の槍に仕留められた。

南方で戦っていた鈴木と加納も囲みを抜け、堀川沿いに出て逃げることができた。藤堂は仲間を逃がすため南方で最後まで戦っていて、腕を浅く切られた。これを見ていた新八が他を下がらせ、独りで藤堂に対峙した。

新八は上段から間合い詰め、鍔迫り合いに持ち込んだ。

月光が刃面に反射してきらりと光る。

鍔迫り合いのもみ合いの中で、新八は小声で「平助、逃げろ。近藤さんの指示だ」とささやいた。

藤堂は何も言わなかった。だが、鍔迫り合いから離れて、間合いを取った。そのあと、数歩後ずさりして後ろ向きになり、塩小路方面に逃げた。永倉と近藤勇局長の思いやりを無にしたくないと思ったのか。

だが、藤堂には不運なことに、油小路南方角を固めていた隊士三浦常三郎が逃げる藤堂の肩口を背後から袈裟懸けに斬りつけた。三浦は新選組で藤堂の隊に属し、藤堂が一番目を掛けていた男だった。

藤堂は振り向きざま三浦の腕を斬ったが、それ以上の余力はなく、卒倒して倒れた。

その様子を見ていた新八が「平助」と小さく叫びながらすぐに藤堂のところに駆け寄った。藤堂はすでに肩口から内腑近くまで斬られ、絶命寸前だ。

顔を覗くと、藤堂は新八と認識したようで、かすかに「胡蝶。娘を……」とつぶやいた。

そうだ、藤堂も儂と同じように懇ろにしている女との間に子を設けていたのだ。

新八は藤堂を抱きしめ、「相分かった」と大きく言葉を返したかった。だが、それはできない。このときまだ、近くで新選組と服部との戦いは続いていたからだ。

藤堂は微かに笑いながら、目を閉じて、事切れた。

（お主とは試衛館、池田屋でも一緒だし、小常も紹介してもらった。誠の同志だ。近藤さんの指示にも従えず、すまないことをした。許してくれ）

新八は心の中でそう叫んで、骸に向かって片手を掲げ、拝むしかなかった。

二

あの壮絶な油小路の決闘があった時から二十三年が経った。

明治二十四年（一八九一年）の春、新暦の三月末。

京都を再訪した元新選組二番隊長の永倉新八は、決闘のあった油小路本光寺前に立っていた。白髪交じりで散切り頭の老人。薄色紺の格子縞の袷に濃い縦縞の袴姿。信玄袋風の手提げとステッキを持っている。

歳は五十代半ば。月代を剃って髷を結い、二本差しであったかつての青年剣士の面影はない。

（仲間内での殺し合いは実に残酷な仕儀であった。特に親しくしていた者との争いは悲しいし、虚しい）

明治になってからもずっと澱のように心底に沈んでいた悔恨の情が、今回の京都再訪で再び浮かび上がってきたのだ。

京都を訪れるのは、慶応四年（一八六八年）初頭、鳥羽伏見の戦いに敗れ、大坂に退却して以来のことだ。

新八の今の名は杉村義衛《よしえ》。明治になって北海道の女性と結婚し、その相手の姓を名乗っている。京都では無論「永倉新八」の名の方が通っているが、新選組の「悪名」はまだ残っていると見て、なるべく旧姓を使わず、「杉村」で通そうと考えた。

東海道線に揺られ、この日早朝に京都駅（停車場）に到着した。

東京、神戸間の鉄道が全線開通したのは明治二十二年（一八八九年）で、東京在住の老人が京都の再訪を思い立ったのは、鉄道ができたことも大きな理由だった。

新橋駅から汽車に乗り込んで延々と二十一時間。硬い椅子に夜通し座ってきたので、腰が痛い。木板の腰掛では、十分に眠れない。途中、うつらうつらしては何度も目を覚ました。

東京で鉄道に乗った経験はあったが、こんな長旅は初めてだった。新しい乗り物は便利だけど、それなりの難儀はあるものだと新八は感じた。

でも、当たり前だが、歩き通しよりははるかに速い。

文久三年（一八六三年）、最初に上洛したときは、十五日もかけて中山道を歩いてきた。それに比べれば、夢のような速さだ。これが文明開化なのか。

汽車が京都駅ホームに滑り込んだ時、窓から見える空はどんよりと曇っていた。

（道場の仲間と一緒に初めて京に入ったときもこんな天気だったな）

新八は早朝の空気を深く吸いながら、懐旧した。

列車から降りる乗客の顔を見ると、トンネルで煙を浴びたせいか、皆、顔は煤で黒ずんでいる。

（恐らく自分の顔もあれと同じなのだろう）と思うと、新八の口元もほころんだ。

京都駅の駅舎は瀟洒《しょうしゃ》な西洋風のレンガ造り二階建てで、中央に尖塔もある。

駅前は大きな広場になっており、馬車と人の群れでにぎわっていた。

荷駄の馬車が鉄道貨物の到着を待っている脇に、客待ちの人力車もいて、車夫が手持ち無沙汰に煙草をくゆらせていた。

「お客さん、乗らんかね」

声をかけてきたが、新八は黙ってやり過ごした。

「なんでぃ。貧乏人め」と車夫が小さな声で毒づく。

小声でも新八の耳には達した。振り返って、無言で車夫をにらみつけた。細身ながら上背のある老人の眼光には相手を威圧する鋭さがあった。射すくめられた車夫は老人を凝視できない。気まずそうに下を向いてキセルをポンポンとたたいた。

駅前の電柱に、緋色地の派手な幟旗《のぼりばた》が数本括りつけられ、微かな風にはためいていた。

幟には（大阪道頓堀の尾上《おのえ》梅昇《ばいしょう》一座、京都にお目見え。四条北座で公演）と書かれてあった。大阪の演劇一座の京都公演であろうか。

剣術一筋で、つい最近まで、北の果て北海道の監獄で、看守相手に剣術指南をしていた。だから、艶やかな演劇の世界なぞに縁がない。

かつて京にいたときは、化粧の匂いが漂った遊里に通い、妓女の踊りを愛でたこともあった。だが、老いた今ではそんな機会はない。

（京で少しの間一緒に暮らした小常もそんな生業《なりわい》だった）

新八は幕末の一時期、一緒に暮らした女を思い出した。島原の芸妓で、源氏名は小常。整った顔立ちが忘れられない。

小常は踊りがうまかったので、文明開化の時代に生きておれば、遊里で男に侍るのではなく、あるいは舞台で大衆に見せる芸事で暮らしが立ったのかも知れない。その方が似合っていただろう。

新八は、京の町であったさまざまな出来事を走馬灯のように頭に駆け巡らせていた。思い出したくないことも数多くあるが……。

周囲を見回すと、駅舎前広場から見える京都の景色はそれほど変わっていない。京を離れてから四半世紀近く経つが、匂いも空気も同じだ。

盆地を囲む四方の連山は当時の記憶のままだ。東山も、北山も、西山も、そして南方遠くに見える宇治の丘陵も。

北西と正面に東西の本願寺の伽藍が見える。新八はその風景に懐かしさを覚えると、同時に（かつて京にいた五年ほどの歳月は今の儂にとってどういう意味があったのか）とも考えたりした。

三

江戸牛込柳町の天然理心流剣術道場試衛館の道場主近藤勇が、道場の門弟、食客仲間である土方歳三、沖田総司、原田左之助、山南敬助、藤堂平助、井上源三郎と江戸を発ち、上洛したのが文久三年（一八六三年）だった。他流派神道無念流を学んだ永倉新八も、この時期、試衛館食客だったので仲間に加わった。

もっとも京への同行者は試衛館の一統に限らない。将軍家を守護するという名目で幕府の徴募に応じた二百を超す大勢の浪士たちが一緒だ。

初春の二月五日、江戸小石川の伝通院を出発、中山道から上洛の途に就いた。板橋から大宮、鴻巣、本庄、松井田、下諏訪、奈良井、中津川、柏原を経て、二十二日大津に着到。翌二十三日、京の東の玄関口、三条大橋から洛中に入った。

「これが京の三条大橋か。とうとう京に参ったのだな」

新八らは感激に浸った。だが、すぐには華やかな京の風情には縁なく、その日のうちに洛西郊外で周囲に田畑もある壬生《みぶ》に移動、割り当てられた宿舎、地元の郷士八木源之丞邸に入った。

あの時は二十五歳と若かった。今は五十路を超えて、老境の真っただ中にある。

老齢にもかかわらず京都を再訪しようと思ったのは、江戸の剣術修行時代からの仲間で、新選組二番隊でも補佐役の伍長を務めてもらっていた島田魁が今も生き続け、しかも、かつて新選組が屯所にした西本願寺に寺男として奉職していると知ったからだ。旧友に会いたいと思った。

いや、京都に来たのはそればかりでない。もう一つ、大きな期待があった。どちらかと言うと、こちらの方が真の目的だったかも知れない。

京にいたとき、夫婦となって一緒に暮らした島原の芸妓小常が慶応三年（一八六七年）七月六日に女児を出産した。新八にとっては最初の子供であり、忘れようにも忘れられない。

磯《いそ》と名付けた娘が生きていれば、もう二十代の半ばにあって女盛りを迎えているはずだ。

行方を知るための手がかりはある。京都に行けば知り合いもいるので、会えるのではないかという望みをずっと持ち続けていた。

新八は、磯の手掛かりを探るため、京都駅の駅舎から二丁（約二百二十メートル）ほど、西にある不動堂村にまっすぐ足を運んだ。ここは、新選組が壬生、西本願寺に次いで三番目、京で最後に屯営を置いた場所だ。

屯所の建物は取り壊されていた。跡地にはなにやら、役所のような建物が建っているが、新八にはどんな役所かは関心がない。ただ、いささか名残がある辺りの風景から、当時の情況が蘇ってくる。

慶応三年十二月半ば、新選組は、鳥羽伏見の戦いを前に、陣を張るためここから伏見奉行所に移動した。磯を最後に見たのもこの近くだった。この月十二日、生後四カ月ばかりの磯を乳母が連れてきて、屯所近くの八百屋の二階で会った。八百屋は屯所の賄い方で世話になっている店で、新八は店主とも顔見知りであった。

幼子は、父祖の地松前藩があった蝦夷地の言葉で言えば、実にめんこい子供だった。

「永倉さん、よう見ておやりなさい。小磯ちゃんよ」

乳母の言葉に新八の顔がほころんだ。

「少し大きくなったようだ」

それだけ言って、乳母から幼子を抱きとり、その顔に頬ずりした。

女房の小常は磯を産んだ後、産後の肥立ちが悪く、この前日に落命したばかりだった。母を亡くする少し前、磯は、祇園にいた小常の姉小駒に託されたが、小駒も芸妓としてお座敷に出ているので面倒が看切れない。乳飲み子を抱える祇園近くの女に預けられ、お貞というその女が乳母となっていた。

新八は隊務に忙殺されたこともあって、幼子とは産まれた直後に二、三度会ったきりで、その後ずっと顔を見ていない。

八百屋から白湯をもらい、口に含んで口移しで磯に飲ませた。磯は白湯をごくりと飲んで微かにうなずいたが、頬ずりされると、ひげの痛さで泣き出した。

それでも、新八は止めなかった。わが子の泣き声につられて目から涙があふれ出した。

（俺はこれから戦いに出て死ぬだろう。この子とはもうこの世では会えないのだ）

そう思うと、愛おしさと切なさで胸が締め付けられた。

「お貞さん、申し訳ないが、それがしはこれから京を離れる。恐らく戦《いくさ》になるだろう。申し訳ないが、もうしばらくこの子の面倒を見てもらえまいか。……ここに五十両ある」

新八は切り餅（二十五両入りの紙包み）二つと一緒に、古ぼけた赤い巾着を懐から取り出した。

「江戸の松前藩邸に永倉嘉一郎という者がおる。この巾着はその嘉一郎の母親、それがしにとっては伯母に当たるが、その伯母の形見なので、嘉一郎はきっと分かるはずだ。騒乱が収まったら、手立てを講じて巾着とともに、この子を江戸に届けてもらえまいか。きっと引き取ってくれるはずだ」

京から江戸に幼子を届ける方法などお貞には思いも付かないが、うなずくしかなかった。相手の目が真剣だったからだ。

新八は、磯を最後に強く抱きしめて、涙を吹っ切って、屯所に戻って行った。

(あの子はどうしているのだろう。祇園の姉小駒さんや乳母お貞さんがいれば、磯の行方を必ず知っているはずだ。二人を訪ねれば、すべて分かるはずだ)

そう、新八が京都を訪れた大きな目的とは、不動堂村で別れた娘を捜し出すことだった。

新選組が不動堂村を屯所にしていた期間は短いので、それほど思い出が刻まれた場所でもない。新八はすぐに屯所跡を離れ、近くにあった八百屋に向かった。最後に磯とお貞さんと会った場所だ。

古びた構えの八百屋は残っており、今も八百屋をやっている。春先なので店先には野菜の種類は少ない。それでも、ねぎ、白菜、京菜などの野菜が並べられていた。

磯と別れた折に立ち会ったおばばはかなりの老齢ながらなんと健在で、しかもちょうど店番をしていた。

永倉新八が二十三年前の娘との別れのことを切り出しても、おばばは目の前の老人がその時の武家とはすぐには分からなかった。鳥羽伏見の戦いで幕府軍が負けたと聞いていたので、当然新八も死んだものと思っていたようだ。

よくよく老人の顔を見たあと、まるで幽霊でも見るように目を丸くした。

「永倉さんやね。新選組にいた」

「そうです。あの折にはお世話になりました。幕末の戦いでは何とか生き残り、江戸に戻っていたが、この度、久方ぶりに京を訪れました」

「いやー、ほんまに永倉さんや。ご無事やったの。信じられへん」

新八は、八百屋のおばばの驚きに型通りのあいさつで応じると、すぐに娘の消息を尋ねた。

「あの時、乳飲み子を連れて来た祇園の乳母や、その乳飲み子である娘の磯の消息はご存知でしょうか。何でもいいのです。手掛かりが欲しいのです」

「そうやなぁ、あの折、乳母さんが娘さんを連れ帰ったきり、その後のことは知りまへんねん。祇園近くには知り合いがいてはりませんから、その後の消息も聞いてません。でも、元気にしてはるんと違いますやろか」

白髪で少し腰の曲がった老婆は、相手を気遣うように当たり障りのない返事をした。本当に、その後の消息を何も知らないようだった。あとは、娘の消息に関わりのない昔話を始めた。

新八は小銭とともに東京の住所を書いた紙を渡し、「もし娘の話を聞き及んだら、この住所に知らせてくれまいか。郵便が面倒と言うなら、西本願寺で寺男をしている島田魁という者に知らせてくれてもよい」と頼んだ。

八百屋のおばばの昔話に一通り付き合ったが、埒が明かないので早々にそこを離れた。

四

不動堂村の屯所跡から島田魁のいる西本願寺まではそう遠くない。堀川通りをそのまま北に上がって七条に至ればよい。だが、新八は迂回して醒ケ井通りから、七条通りの南側一本目にある木津屋橋通りに入り、左に折れて油小路に入った。

油小路の決闘があったところだ。今、ここに立って振り返ると、あの戦いがつい最近のことのように胸に迫ってくる。

慶応三年（一八六七年）十一月十八日。新選組が分派組織である御陵衛士の頭目、伊東甲子太郎を惨殺、その骸を「囮《おとり》」にして御陵衛士隊員をおびき寄せ、皆殺しにしようと図った。

（あの日は底冷えのする寒い夜だった。池田屋で一緒に戦った藤堂平助と刃を交えるとは考えたくもなかったが、現実になってしまった。悔しく、つらい出来事だった）

東西に延びる七条通りは今でも間口の空いた商家が櫛比《しっぴ》している。だが、三、四人が横になってやっとすれ違えるほどの南北の小路、油小路の方には、双方に高い黒板塀が寒々とつらなり、通りの人を拒絶するような雰囲気を醸し出していた。

黒塀からはわずかに見越しの松の先端がせり出しているので、塀の向こうに庭があり、人の営みがあることを感じさせる。

新八は油小路と七条通りの角に立って、煙草入れからキセルを抜きだした。火打ち石に火打ち金を打ち付け、火口《ほくち》を燃やし、煙草に火をつけた。

深く吸い込むと、「ごほん、ごほん」と少しせき込んだ。

紫煙の中で記憶をたどると、真っ先に浮かんでくるのはやはり試衛館道場以来の仲間であった藤堂平助の顔だ。

（あの時どうして彼を助けることができなかったのか）

思い出すたびに自責の念が湧いてくる。

江戸深川で北辰一刀流の剣術道場を開いていた伊東甲子太郎が門下生とともに上洛して新選組に加わったのは元治元年（一八六四年）十月のことだ。

それより遡ること四カ月前の六月五日、新選組は不逞浪士が集まった三条小橋の池田屋を急襲し、浪士を殺害し、絡めとった。それに続く七月、長州軍が禁裏を攻めた蛤御門《はまぐりごもん》の変でも新選組が活躍したことで、その名は江戸にも知れ渡っていた。

その高名を背負って近藤勇局長は同年九月初め、意気揚々と江戸に下向した。江戸城重役への奉告や新規隊士募集が主な目的だった。

近藤がその新隊士募集の中で会ったのが伊東甲子太郎で、江戸に同行した藤堂平助の紹介だった。伊東は近藤の話す尊王攘夷論に共鳴、誘いに二つ返事で応じ、門下生とともに新選組に合流することを約した。

伊東は剣術も一流だが、学問も究めていた。国学を学ぶうちに尊王攘夷の思想を強く持ち、その学才を発揮する場を求めていた。衆目が集まっていた京でその場を与えられるとしたら、願ってもないことだと思った。

近藤は一応の攘夷論を話すが、話の内容からから彼の学問が浅いことを知った。

（これならば、自分が新選組に加われば、隊士に我が思想を伝授し、説得し、最後に組織全体を自らの意のままに動かせる集団に変えられるのではないか）

その旨を実弟の鈴木三樹三郎、高弟の篠原泰之進ら道場の門下生にも伝えた。

「近藤なる男、それほどの人物にあらず。剣は優れているのかも知れぬが、思想がない。儂が話せば新選組隊士を説得できる」

「兄上は畢竟《ひっきょう》、どうしたいのか」

鈴木三樹三郎が聞いた。

「決まっておろう。新選組は今、会津中将のお預かりとなって佐幕一筋だが、儂の弁舌で勤王大事の方向へ変えて見せる。いつまでも幕府への忠勤でもないだろう」

「できるでしょうか」

「できるとも。幕府の屋台骨は壊れつつある。剣しか分からぬ男に時節を見る目はない。一統は露頭に迷うだけだ。儂が助けてやるのよ」

伊東一派は新選組に加わった。

だが、新選組には冷徹な目を持ち、策謀家でもある副局長の土方歳三がいた。元治元年十月に伊東一派が加わってから二年半、ずっと伊東の動きを観察していた土方の中は徐々に猜疑心が醸成されていった。

土方の監視と猜疑の目は伊東にも分かった。そして、新選組を丸ごと勤王大事に変えるという自らの野望が貫徹できないと判断するに至った。

新選組の中でも、尊王攘夷の思想に共鳴し、肝胆相照らした仲の副長山南敬助が脱走して捕まり、切腹に追い込まれたことも、彼の失望感を増幅させた。

伊東は慶応三年三月、「亡くなられた孝明天皇の御陵を守る武士として、独立したい」と近藤に告げ、自派の分離独立を申し出た。

本来なら、新選組隊規によって「組を脱する者は切腹」であるが、伊東は弁舌さわやかに「これは分離であり、脱退ではない」と言い張り、近藤を説得した。分離なら切腹には当たらない。

土方は近藤の承諾を苦々しく聞いたが、近藤の決定であれば致し方ない。ただ、一言付け足すことも忘れなかった。

「近藤さん、伊東はついに本性を表したようだな。分離なんて汚い真似しやがって。奴には魂胆がある。早いうちに叩き潰さないととんでもないことになりそうだぜ」

二人だけでいる時、土方は、多摩訛りが混じった率直で遠慮ない物言いになる。土方の目には、伊東とその一派が新選組に仇なす存在になると映っていたのだ。

この言い分に対し、近藤はあくまで冷静だった。

「儂も分かっているよ、歳さん。しばらく待とう。様子を見よう。いずれ狐がしっぽを出すだろうよ」

近藤も愚かではない。伊東の隠れた狙いを見抜いていた。騙された振りをして、油断させようと考えていたのだ。

伊東は分離に当たり、二番隊長の永倉新八、三番隊長の斎藤一、八番隊長の藤堂平助も分離組に同行させるよう求めてきた。

藤堂平助は、口数は少ないが、見た目はさっそうとしている美青年である。千葉周作の北辰一刀流「玄武館」門下で、印可は目録まで進んだ。伊東とは学んだ道場は違うが剣術の流派は同じ。学問上でも伊東の門下生で、尊王攘夷思想を彼から植え付けられている。

藤堂は京に上る前、試衛館に居候をしていたので剣の師匠格の近藤勇に親しみを感じているが、学識のある伊東にも敬意を払っていた。新選組隊内で講義を受けて、ますます彼の思想にはまっていった。だから、伊東が新選組からの分離独立を宣言すると、藤堂は迷うことなく分派組織の御陵衛士に加わった。

永倉新八と斎藤一の二人は、伊東が新選組入りしたあとに誼みを通じ、行動を共にすることが多くなった。伊東は江戸で北辰一刀流を学ぶ前、生れ故郷の常陸から水戸に出てしばらく神道無念流の道場に通っていた。そのため、新八は伊東を剣で同門であると思っていた上、尊王攘夷思想にもいささか共鳴できるところを感じ、親しみを覚えた。

斎藤は江戸の御家人の子弟。「一刀流を学んだ」と言うが、江戸の町道場を転々としたためにきちんとした伝位を受けているわけではない。だが、実戦では、度胸の良さからか凄腕の剣さばきを見せる。

つまり剣一筋の粗野な男で、少年時代に武士の素養である漢学などに触れたこともなかった。だが、その分、今は学ぼうとする姿勢を見せ、折に触れて伊東に接し、教えを乞うていた。

伊東は永倉、斎藤の二人を江戸から同行した同志と同等と見ていた。いや、そればかりではない。二人の剣の腕を高く評価し、将来起こり得る事態を思い描き、強い味方を望んでいたところもあった。

実は、この年（慶応三年）の正月にはこんなこともあった。

伊東は自らの門下生隊員のほか、新八と斎藤を誘い、遊里島原の妓楼「角屋」に登楼。翌日、門下生は帰したが、新八と斎藤を残してさらに馴染みの芸妓を呼び寄せ、三日間にわたって流連《いつづけ》たことがある。

その時に新八が呼んだのは馴染みだった「亀屋」の小常で、その直後に新八は小常を落籍している。小常のお腹にはすでに磯がいたのだ。

妓楼に居続けて帰隊しないのは新選組の隊規違反である。本来なら切腹ものだが、副局長格の伊東が近藤と掛け合い、その結果、新八と斎藤は微罪で済んだ。

伊東が御陵衛士を作るときに二人を誘ったのは、こうしたいかがわしい共同行動を通して気心を知り、心が通い合えたと判断したからだ。

だが、永倉新八は伊東の呼びかけに応じず、御陵衛士には加わらなかった。明確な理由は分からない。近藤と伊東という人間を測りにかけて近藤を選んだのかも知れない。

あるいは最後のところで伊東のうさん臭さを感じてしまったのかも知れない。

近藤はのちのちの事態を考えて、新八には御陵衛士には加わらないよう強く説得したこともあった。

一方、斎藤は伊東と行動を共にし、御陵衛士の一統に入った。

ただ、これには裏がある。実は、斎藤は近藤から御陵衛士の動きを見張るよう言い含められていた。いわば密偵の役回りを請け負ったのだ。その意味では、斎藤一も伊東より近藤、新選組を信頼していた。

御陵衛士とは、孝明天皇の御陵を守る武士という意味である。孝明天皇は前年の慶応二年（一八六六年）早々に身罷られている。ずっと新選組からの分離を考えていた伊東にとっては、天皇の崩御はまたとないきっかけを与えてくれた。

この年三月に新選組を離れた伊東と御陵衛士たちは当初、鴨川五条大橋近くの長円寺に居座ったが、六月には東山・高台寺の塔中月真院に屯所を構えた。それゆえ、別名高台寺党とも呼ばれた。

高台寺は関白豊臣秀吉の御台所（正妻）で北政所と呼ばれた寧々が晩年を過ごした場所である。門を入って塔中に達するまでの石畳脇には、沿うように萩が植わっていた。夏から秋にかけて赤紫の可憐な花を咲かす萩は寧々の好みであったのだろう。

池と石ともみじを巧みに配した庭園も素晴らしい。

伊東と高台寺党がこの地に移ってきた時、萩はすでに薄紫のつぼみを付けていた。

月真院に落ち着くと、近藤や土方が心配したように、一統はやがて近藤勇の暗殺計画を練り始めた。今の御陵衛士だけの人数では不十分、できれば新選組全部を乗っ取り、朝廷に対しその存在を知らしめたいという思いがあったのだ。

「近藤を葬れば、新選組は瓦解する。人望のない土方が統領では持つまい。……問題は、どこで近藤を斬るかだ」

近藤暗殺に一番熱心だったのは、ほかならぬ首領の伊東自身であった。

特に、この年十月十四日、大政奉還が成った以降は、話は具体性を帯びてきた。

「近藤は屯所近くの醒ケ井通りに休息所（妾宅）を設けています。夜は恐らく女と二人きりでしょうから、寝込みを襲えば、うまくいくでしょう」

篠原泰之進が進言した。元新選組の柔術師範で、伊東の腹心である。

「問題は時期をいつにするかです。大政奉還によって幕府方は今、混乱している。新選組も恐らく慌てふためいているのではないでしょうか。やるなら今です」

「いや待て。近く薩摩軍が上洛する。年末にも京の周辺に集結するであろう。その時期に合わせるのだ」

伊東は、近藤勇暗殺計画を慶応三年の暮れにも決行することを決め、同志の了解を得た。

この計画は密偵の斎藤一によってすぐに新選組の近藤、土方に伝えられた。

「やはり伊東らは動き出したか……」

近藤、土方はかねてよりの推量が当たり、複雑な思いにかられた。でも、感慨ばかりに浸ってはいられない。

先手を打たなければ、いずれ寝込みを襲われると、特に焦ったのは、狙われる近藤の方だった。

ただ、同時に近藤には吹っ切れない思いもあった。

（試衛館からずっと一緒で、池田屋でも一緒に戦った藤堂平助も儂を斬りに来るのであろうか）と考えると、暗澹たる気持ちになった。

藤堂が近藤の下を離れ、伊東とともに高台寺党にいることの寂しさ、辛さが改めて近藤の胸に迫ってきた。

五

長州藩士、不逞の浪士が集っていた京・三条小橋の旅籠「池田屋」に新選組が御用改めを掛けたのは、元治元年（一八六四年）六月五日夜だ。その消息は、新選組の探索方が河原町四条上ルの古物商「枡屋」が怪しいとにらみ、その主人枡屋喜右衛門を捕縛して得たものだ。

枡屋喜右衛門とは実は、近江出身の勤王武士古高俊太郎で、長州藩士、倒幕組と気脈を通じていた。新選組の枡屋踏み込みで屋内に大量の武具が隠し持たれていることが判明した。

古高を勾引し、拷問して問い詰めると、最後に「風の強い日を狙って京の街中に火をかけ、その混乱のどさくさに紛れて天子さまを長州に連れ去る」との計画を白状した。

その企てを具体化するための話し合いが近々持たれるというので、新選組は探索を進めた。そして六月五日夜に会合があることを突き止めた。

当夜、祇園の宵山で街中にお囃子が流れる中、新選組は不逞浪士の会合の場を探し回った。街中は宵山の賑わいで、歩く者は浮かれている。町人も武士も酒に酔いしれていた。

不逞浪士が集まりそうな怪しい場所が二か所浮かび上がった。

その一つは木屋町姉小路にある「四国屋」。もう一つは高瀬川に掛かる三条小橋近くの旅籠池田屋だ。

新選組は二派に分かれ、四国屋には土方歳三指揮のもと大方の新選組隊士を振り向けた。こちらの方が、可能性が高いと判断したからだ。

だが、四国屋での御用改めは、不発に終わった。実際に不逞浪士が集結したのは池田屋の方だった。

その池田屋には、近藤勇ら十人ほどの隊士が先行組として向かった。旅籠の周りに隊士を配置してしばらく土方の本隊を待ったが、なかなか到着しない。しびれを切らした近藤は先行組だけで踏み込むことにした。

屋外を固めた隊士を除き、屋内への斬り込みは、腕利きの近藤、永倉新八、沖田総司、藤堂平助の四人だけ。様子から見て敵方はかなりの多数と見たが、是非もない。こちらは鉢金や鎖頭巾、鎖帷子で防備を固めている。しかも、一流の剣の技を持つ闘士ばかりで、怯む理由はない。一方、敵方には油断もあるだろう。

近藤は決然と闘志を張らせ、他の三人に顔で同意を求めた後、ドンドンドンと店の小口を叩いた。

しばらくして店の亭主が顔を出した。

池田屋は長州藩邸にも近いため、亭主は長州贔屓《びいき》である。新選組の装束に驚き、後ろに退いた。

「新選組の御用改めである」

近藤が掛け声を発して最初に土間に入り込むと、三人も近藤に続いた。

果たして、屋内の二階には不逞浪士と思しき三十人近い数の男が集まっていた。すでに話し合いは終えたと見え、酒肴の用意もされていた。

四人がいかに防備を固めた格好とはいえ、三十人近くの相手と刃を交えるのは勇気がいる。だが、近藤ら四人はますます闘志を張らせ、屋内に踏み入った。

一人倒し、二人倒していき、相手側を圧倒した。

しばらくして土方歳三の隊が池田屋に駆け付け、死闘は一刻（二時間）ほども続いた。

戦いが一段落しようとした時、藤堂に油断が生じた。襖のわきから出てきた男に一瞬の隙を突かれ、前額から鼻の辺りにかけて切られ、深手を負った。藤堂は流血で前が見えない。斬り刻まれる寸前だった。

その藤堂の危機を救ったのが新八だ。藤堂を斬った男が駆け付けた新八の方に振り返り、上段から刀を振り下ろそうとしたところを突きで仕留めた。

新八は藤堂を助け起こすと、屋外に連れ出し、外を固めていた隊士に藤堂の身を託した。新八自身も左手に裂傷を負っていたのだ。

沖田総司は胸の病による吐血で倒れた。先行組四人で無傷だったのは近藤だけだった。

京の治安を守ったということで、新選組と近藤局長は京都守護職であった会津藩の松平容保侯から直々に感謝され、その名声はいやが上にも高まった。

六

池田屋事件や蛤御門の変があった翌年の慶応元年（一八六五年）、ようやく傷が癒えた藤堂平助が島原に新八を誘った。

島原の老舗「桔梗屋」。二人は久しぶりに差しで杯を交わした。

新八は、元蝦夷松前藩士だが、江戸生れの江戸育ち。父親は禄高百五十石で江戸定府取次役を務める中堅家臣だ。

それに比べて、藤堂は戦国時代の武将藤堂高虎を祖とする名張藤堂家藩主のご落胤とのうわさがある。事実、身のこなしにも品格があり、育ちの良さをうかがわせた。加えて、藤堂平助には学があった。

武芸一筋の新八は、品格と学問を兼ね備えた藤堂に引け目を感じていて、それほど親しく接してきたわけではない。ただ、試衛館で同じ釜の飯を食った仲間という意識はあった。

それが、池田屋の死闘で生死を共にして、新八と藤堂は言わず語らずのうちに濃いつながりを感じた。この年、新八は二十七歳、藤堂は五つほど下の弟分だが、池田屋以降、藤堂は新八に親しみを感じ、実際に兄事するようになっていった。

「新八さんには危ういところを助けてもらって、改めて御礼申し上げます」

藤堂は礼を言いながら、新八に酌をした。

「平助が助かってよかった。試衛館からの仲間を失うのは見たくないからな」

試衛館の話が出て、二人は江戸での話に花を咲かせた。当時、試衛館道場に客分として一緒だったとはいえ、すれ違いも多く、親しく話したこともなかったのだ。

半刻（一時間）もして酒が回ってくると、藤堂が、

「ところで、新八さんは休息所を持っていますか」と切り出してきた。

休息所とは、非番の時に隊を離れて過ごす場所で、小隊の隊長、つまり副長助勤以上の新選組幹部の持つ特権だった。当然、そこでは女を囲っておける。

「いや。遊里で酒を飲むたびに女を抱くが、決まった者はいない」

「そうでしたか。休息所を持って女に肩でももんでもらえば、気も休まる。隊務の辛さも忘れる。ぜひ持ってください」

「君はどうなんだ」

「私は、休息所を持ってないが、ここ島原に馴染みの女がいる。……私の女に一人紹介させましょう」

ポンポンと手をたたくと、仲居が飛んできて、藤堂は小銭を包んだ紙袋を渡して仲居に耳打ちした。

しばらくして年増の三味線弾きとともに、芸妓二人が部屋に入ってきた。三味線の音に合わせて芸妓が次々に踊りを披露。終わると、藤堂と新八の脇にきて酌をし始めた。

「こちらにいるのが、私が馴染みにしている胡蝶です。そちらが小常さん。まだ

島原に来たばかりで旦那が見つかっていない。……新八さん、どうですか」

藤堂は小常を新八の馴染みにし、その後に落籍して囲えと誘ったのだ。

小常は女にしてはいささか背が高く、顔も面長で鼻筋の通った色白の美形だった。新八は美形にも気を引かれたが、それ以上に彼女の初々しさに好感を持った。

「小常どす。よろしゅうお頼み申します」

京言葉を使っているが、土地の産ではないなとなんとなく分かった。

だが、新八が「儂は江戸から来た田舎者じゃが、よろしゅう頼むぞ」

とへりくだると、小常は、

「江戸は公方さんのおられるところと違いますのんか。そんなに田舎どすか」

などと言って口を開けて笑った。その笑い方が無邪気だった。

その日は屯所に戻ったが、新八は次に島原に行った時にも小常を呼び出し、懇ろになった。

小常はまだ二十歳を過ぎたばかり。初めて小常を抱いた時も、普通の妓女にない初々しさがあった。乳房もまだしっかりと張っており、しかも腰がくびれて少女の面影を残していた。

新八はすっかりその肉体のとりこになった。

だが、小常を休息所の女にするのはためらった。新選組にいる限り、いつ落命するか知れたものではない。女を不幸にするのが嫌だった。

小常が嫌いというわけではない。いや、むしろ一緒にいるとだんだん愛おしくなった。

そこで、ある時、新八は直截に問いかけた。

「お前は儂と一緒にいるのをどう思う？　辛くはないのか。仕事だと思って我慢しておるのではないか」

小常は返事をしなかった。

「いや、つまらぬ聞き方をしてしまった。許してくれ。……だがな、儂の方はな、お前といると、心が休まる。いつも斬り合いばかりしていると、剣を収めた後にお前の顔が浮かぶのじゃ」

それでも小常は言葉を発しなかった。

「つまりはな、恋しいということであろうか」

新八が少し照れながらさらにそう言って、小常を抱き寄せた。

すると、小常は黙って新八に体を委ねた。

「主さんが嫌どしたら、わちきはここには来ません。こちらもお客さんを選ぶことができるんどす。永倉はんは優しい方、女子に優しいことが何とのう分かります」

「では、儂が呼んでも差し支えないんだな。付き合ってくれるのだな」

「ええ。永倉はんがお望みでしたら、小常はいつでも参ります」

以後、新八は新選組の会合がある時ばかりでなく、仲間内で来る時も、いや一人で来る時も小常を指名した。

床での小常の応対も徐々に新八に慣れてきた。

新八は新八で、人を斬ったあとには特にそれを忘れたいがために、小常が恋しくなった。

あたかも斬った相手の肉体の傷と、自分のすさんだ心の痛みを癒すかのように、小常の体を隅々まで舌で舐め回したりした。

「永倉はん。嫌どす。そんなことされたら、うち、どないしてよいのやら……」

小常はそう言いながら、体をくねらせ、気を高まらせた。

もう「わちき」という芸妓の言葉でなく、「うち」という親しい人との間の言葉に変わっている。それだけ、つながりの深さを感じるようになったのであろうか。

「辛抱せい、儂は楽しいのじゃ。お前とこうしていると、楽しくて仕方がない」

新八も感極まって声高に言うと、小常は
「嬉しい。……もう離れとうないです」と、微かな声でこたえた。
二人の睦み合いは刻を忘れてしまうほどに延々と続いた。

慶応二年（一八六六年）暮れ、小常からややこを宿したことを知らされ、新八はやっと落籍する覚悟を決めた。子を成した以上、武士として一家を作るけじめをつけたいと思ったのだ。

そして武家の端くれとして、きちんとした婚礼も挙げたい。それならば、親兄弟を呼ばねばならないとも思った。だが、老齢の父母や兄弟を京に呼ぶわけにもいかないし、自分らが江戸に帰るわけにもいかない。

年明け早々、不動堂村近くに持った休息所で、静かに二人で婚礼の真似事をした。

小常は一張羅の紫地の小紋を着て、新八は羽織袴姿。向かい合って座り、一つの盃に注いだ酒を分けて飲んだ。

小常はさらに膳を二つ用意し、その上にもささやかな料理を載せ、盃を置いて酒を満たした。

「こちらの膳は江戸の父上、母上様の分です。……ご両親様は芸妓上がりの私のような女を嫁として認めてくださるでしょうか」

小常が江戸の父母に気遣いを見せたことが、新八には思料外であり、嬉しかった。

「心配は無用じゃ。両親とも料簡の広い人だから、儂が迎えた女子に否やはない」

「それなら、嬉しゅうございます。いずれご両親様に御目文字する時に備えて、私もしっかり習い事をし、武家の妻としての品格を磨いていきたいと思います」

「お前の覚悟は分かった。だがな、儂は当分京におる。そのようなことは、ゆるりと進めて行けばよい」

新八は、新妻に対してあくまで優しく、鷹揚であった。

新選組の当番で市中見回りに出かけ、生死を分けた激しい刀争をする。それだけに、非番に休息所にいて、小常の初々しさに触れると気持ちが安らいだ。

新八にしたら、それだけで十分だったが、加えて、彼女の腹が徐々に大きくなっていくのを見てどれだけ生きていることを実感し、勇気づけられたことか。

その後、屯所で藤堂にこっそりと「小常に子ができたんだ」と伝えると、「ほう、そうでしたか。それはめでたい」と喜んでくれた。

藤堂はさらにはにかみながら、「実はね、新八さん。ここだけの話ですが、胡蝶にも子供ができたようなんですよ。だから、落籍してどこか町屋を借りて住まわそうと思っています」と打ち明けた。

新選組は戦う集団だ。隊士はいつ討ち死にするか分かったものではない。それだけに家のこと、家人のこと、ましてや子供のことなど所帯じみた話はおおっぴらに口にできない。

隊士同士で家族の話ができるのは、親しさを増した証拠だ。

「男だったらやはり武家にしたいが、娘ならどうしたものか。胡蝶と同じように芸妓にするのは気が進まないんでね」

藤堂はそう言って笑った。

「そうだなぁ。儂も子供を芸妓にはしたくないな。でも、明日の我が身がどうなるか分からぬわれわれからすれば、子の将来は女房に下駄を預けるしかあるまい」

新八は、生れ来る子供を立派に育ててくれるよう小常に全幅の信頼をもって託すしかないと思った。その時は、まさか小常が年内に自分より早く落命するなどと予想すらできなかったのだ。

七

今は老境に入った新八は、七条油小路角にある天水桶脇にかがみながら、昔の女の面影と、その短かった共同生活を思い出していた。

（気立てもいい、可愛い女だったなあ。人生にもしもはないが、小常が死なず、娘の磯とともに京都に生きていれば、戊辰の戦乱が終わったあと、儂は危険を冒してでも、早々に京都に舞い戻っただろう。北海道の女などと新たに所帯を持つことなく……）

新八は今、松前藩の藩医杉村松柏の次女よねを妻としていた。杉村義衛の杉村の姓は妻方の姓である。

新八は火打ち石を出して、またキセルに火を付けた。紫煙が微風に揺れながら、油小路の方向に流れていった。

池田屋で一蓮托生の闘いをし、強い仲間意識が残っているせいか、近藤は、藤堂平助が御陵衛士に加わり分派行動を取ったとはいえ、ずっと身内のように考えていた。

（高台寺党がわが身を亡き者にしようと画策しているのなら、是非もない。藤堂平助も敵になったのだ）

近藤はそう割り切ろうとした。だが、割り切れない思いもあった。

そんな折、醒ケ井木津屋橋下の休息所に行くと、女から「家に投げ文がありました」と告げられ、投げ込まれた文を手渡された。

女は大坂の花街で知り合い、傍に置いた深雪太夫の妹孝子だ。絶世の美人と言われた深雪太夫は近藤と同居して間もなく病死したので、姉の元に同居していた妹を近藤はすぐに後添えの妾にした。もっとも、深雪太夫が病床にあった時から、近藤は孝子にも手を付けていた。

文には「ぜひお会いしたい。これは試衛館の門弟としてのお話です」の始まりで場所と時間が指定され、最後に「平助」と記されていた。その字に見覚えがあった。

藤堂平助が近藤と差しで会いたいという内容だった。

指定された場所は醒ケ井からかなり離れた伏見撞木町の小さな妓楼「木津乃家」

であった。伏見であれば、高台寺党も新選組も近づく場所ではない。こんな場所を秘密の会談に設定したのは、平助の本心から出た行動なのだろうと近藤は思案した。

近藤は取りあえず土方に藤堂と会う一件を伝え、一人でそこに赴くことにした。（これは罠ではあるまい。妓楼で儂一人を取り囲み、刀争に及ぶとは考えられない）と判断したためだ。ただ、土方のことだから、周囲には変装した隊士数人を配置しているであろうと近藤は思っていた。

実際に、土方の命により、隊の服を着ない手練れの隊士数人が撞木町に向かった。

約束の日夕刻、近藤が木津乃家に着いたのは、約束の時刻より少し遅れていた。木津乃家は色町撞木町の華やかさの中でも、門の明かり、装飾を抑えた比較的地味なたたずまいの店だったが、坪庭は見事なまでに手入れされていた。南天の花はもう開いていた。

近藤が仲居に来意を告げると、二階の奥に通された。

部屋には、確かに藤堂が一人で待っていた。隣の部屋との襖の陰から殺気は感じられない。陰謀ではないようだと近藤は安心した。

「先生、お久しぶりです。伏見までおいでいただき恐縮です」

「やあ藤堂君。元気そうだな」

いつもは「平助、平助」と言っていたが、すでに藤堂は分派の仲間、気安く呼ぶ気にはなれなかった。

二人は酒を勧め合いながら当たり障りのない話をしていた。だが、四半刻（三十分）もしたころ、藤堂は急に真剣な顔つきになった。

「ところで、先生。長い付き合いですし、試衛館以来の御恩もありますので、率直にお話し申します。実は、高台寺で今進めている企てのことです」

藤堂は高台寺党による近藤勇局長の暗殺計画があると切り出した。そして、その襲撃場所が醒ケ井の休息所であることも明かした。

「私は伊東先生を説得できませんし、仲間が行動を起こすことも止められません。ですが、そういう計画があると、近藤先生が事前に承知しているなら防ぎようがあるでしょう」

藤堂は最後に、試衛館のつながりや、たった四人で討ち込んだ池田屋事件の同志であることに重きを置いたのだ。

近藤はすでに密偵役の斎藤一から暗殺計画の話は聞いているので、驚きはない。

だが、「ほう、ほう」と大仰に相槌を打って初めて知ったような振りをして、「よく知らせてくれた」と言って藤堂に感謝した。

（平助はやはり俺を裏切っていない。こちらが先に高台寺党をやっつけたとしても平助だけは助けてやりたい）

近藤はこの夜、平助の心根が嬉しくて心置きなく飲んだ。

屯所に戻って土方にこの件を話すと、土方は「やはりそうだったか。それにしても夜陰に紛れて醒ケ井の休息所を襲うとはね。……先手を打って本格的に高台寺党を潰しにかからなければならないですな」と言って、御陵衛士を早期に壊滅させる計画の着手を促した。

二人はひそひそ話で計画を練った。

近藤が土方に提案した内容はこうだ。

新選組はいまだ伊東とは決定的に仲違いしているわけではない。であれば、「一度、酒でも飲みながら、昨今の時局でも語り合おうではないか」と言えば、伊東は乗ってくるのではないか。現に、大政奉還での大きなうねりが起こっている。

伊東は今でも、「われわれはあくまで新選組の分派だ。いまだ公儀、会津藩から届けられる資金を受け取る立場にある」と新選組の勘定方に言って来ている。

ないか。だから、「かねて願い出の金子を渡す」と伝えれば、安心して取りにくるのでは
「酒を酌み交わす場所を休息所とすれば、伊東も安心するであろう。ただ、伊東を屠る場所はそこではまずい。新選組がやったと公言するようなものだ。だから、帰りを襲う。新選組でなく、他の何者かがやったように闇討ちすることが肝要だ」

近藤はこの期に及んでも体面を気にしていた。

そして近藤と土方は伊東を招く日を十一月十八日とし、その招待先を改めて醒ケ井の近藤の休息所とすることに決めた。皮肉にも、伊東らが近藤を襲撃しようと計画していた場に、彼を招こうというのだ。

この日に伊東を暗殺し、できれば高台寺党の何もかもを壊滅に追い込むのだと近藤と土方は考えた。

近藤は数日後、伊東に「ゆっくり酒を酌み交わしながら、時局を語り合いたい。その際、会津藩からの資金も分配いたそう。醒ケ井の休息所にお越し願いたい」との文を送った。あくまでものんびりした文面であった。

間が抜けた文に伊東は騙された。伊東はあくまで楽観的にとらえたのだ。

（すでに大政奉還が成ったので、新選組も焦っているのではないか。だから、儂に何か策を授けてほしいと考えているのだろう）と推量した。

ならば、（この際、新選組はもう幕府を助ける意味がなくなっていると告げ、勤王の旗印を鮮明にすべきだと近藤に言えるのではないか）と伊東は考えた。

八

伊東は招待を受けた十一月十八日昼過ぎ、伴を連れず、独り醒ケ井の近藤妾宅を訪れた。

高台寺党の何人かは「これは罠ではないか」と心配したが、伊東は「ばかな。妾宅に呼んで謀殺などしたら、新選組が笑い物になるだけだ。ありえないこと」などと言って意に介さない。むしろ心配する同志をなだめるほどだった。

新選組はこちらが先に殲滅する相手であり、このときすでに高台寺党は薩摩屋敷とも繋がりを付けている。今は相手を安心させて、いずれ近藤を暗殺するその時を待つのだというのが伊東の思いだった。

（剣が遣えると自慢するばかりで、先の読めない愚かな集団に儂を討ち取る企てなどあるわけがない）と本当に高を括っていた。

伊東は護衛もつけずに醒ケ井の休息所に赴いたが、待っていたのは、なるほど近藤と孝子だけだった。あとから、吉村貫一郎が酒席に加わったが、伊東は心配しなかった。なぜなら、吉村は凄腕の剣客だが、もともと東北盛岡生れの朴訥者。人柄が良く、伊東とも親しかったからだ。

吉村の奥州訛りが、奥州に近い常陸出身の伊東の心をなごませた。飲むうちに（余計な心配など無用であった。一人で来て良かった）と改めて感じ入っていた。

昼過ぎから始まった宴席は、孝子の踊りなどもあって盛り上がった。孝子も花街でいずれ芸妓になろうとし、芸事の教えを受けていただけあって踊りはうまい。

酒席での時局の話も、「佐幕だけでは虚しい」とまくし立てるなど一方的に伊東の話が中心になった。近藤はおとなしく聞き役に回っていた。

伊東は元来酒好きの男。注がれるままに飲み干し、時の経つのを忘れた。

本当に楽しかったのか、夜遅くまで飲み続け、帰る気になったのは亥の中刻（午後十時）ごろ。ようやくといった感じでやっと腰を上げた。

「近藤局長。本日は実に楽しい酒だった。貴殿と時局を語ることができて誠に良かった。今後も相携えて行きましょうぞ」

「伊東殿。それがしも忌憚なく話ができて嬉しゅうござった。心が晴れた。御陵衛士とともに勤王に力を尽くしましょう」

近藤も笑顔で応じた。

「駕籠を呼びましょうか」の誘いも断って、伊東は東山の高台寺まで歩いて帰ると言い張った。泥酔していて足元はふらついていたが、方向を間違えることはないと判断したようだ。

ふらふらと通りに出て、確かに醒ケ井通りを北の方向に歩いて行った。

伊東は近藤をほぼ持論で説得できたと思い有頂天になっていたが、好事魔多し。この直後に新選組の暗殺団が待っていたのだ。


新選組と御陵衛士が死闘を繰り広げた油小路角には本光寺という寺があり、倒幕に与した英雄として伊東甲子太郎の殉難碑が建っている。維新後、勤王の英傑として称賛され、薩長政府が造営したものだ。

新八は、あの闘いがあったときに近くに寺があったかどうかなど覚えていない。本光寺は油小路からちょっと奥まったところにあったためか。

当時の記憶にあるのは、商家の高い黒塀が、われわれ仲間内の狂気じみた死闘と、市井の平々凡々の営みを隔絶するように高く立ち塞がっていたことだけだった。商家の者どもはきっと塀の外の争いを二階などから息をひそめて垣間見ていたに違いない。

新八は、伊東殉難の碑の前に立って、あの斬り合いの一部始終を思い出し、藤堂を死なせてしまったことを改めて悔やんだ。

（策謀家の伊東甲子太郎などは斬られても構わないが、平助だけは助けたかった）

今でもそう思っている。

純粋で根が優しかった藤堂の顔が忘れられない。池田屋事件以降、隊士うちの中でも深い付き合いをしてきた男だ。藤堂を思い出すと、また自然に小常の顔が思い出され、磯のことも頭に浮かんでくる。

あの時、藤堂が油小路でうまく逃げおおせたとしたら、その後どんな生き方をしただろうかと新八は考えた。恐らく御陵衛士のほとんどがそうであったように、薩長の討幕軍に与したに違いない。

平助が油小路で生き残ったにしても、鳥羽伏見やその他の場で薩長軍の戦いに参加するだろう。すなわち、また戦場で儂と相まみえることにもなる。

「結局、われわれは早晩、死ぬか生きるかの闘いをする定めであったのかも知れない」

新八は、武家として生きた虚しさを今更ながら身に感じた。

第二章　西本願寺にいた島田魁

一

西本願寺は京都市街地のほぼ中央に位置する。

六条通から七条通り近くまで伽藍を延ばす大寺院である。

浄土真宗本願寺派の本山で、もともとは鎌倉時代中期、親鸞の娘がこの地に廟堂を創建したのが起源とされる。本尊の阿弥陀如来像は第三代宗主覚如によって安置され、上方庶民の深い信仰の対象になった。

幕末に新選組は、壬生の屯所が手狭になったことから、嫌がる西本願寺に力ずくで迫り、屯所をここに移してきた経緯がある。

永倉新八は、ここに江戸の剣術修行時代から新選組にかけてずっと一緒だった島田魁がいると聞いて訪ねた。

新選組は当時、西本願寺の僧職からあんなに嫌われていたのに、新選組隊士だった島田がどうして受け入れられたのか。第一、島田がなぜそのような場に職を求めたのか。新八には大いなる謎だ。

七条油小路辻から西本願寺正門まで歩いてすぐだ。

正門の寺務所で尋ねると、「島田老は太鼓楼の番人をしていて、今もそこにいるはずだ」と言う。驚くことに島田は新選組時代の名前を替えずに、ここに在職していた。

太鼓楼は北東角塀近くにある。粒の小さな玉砂利を踏んでいくと、かつて新選組が屯所の一部として使っていた太鼓楼と大銀杏の木が見えてきた。

黒の瓦に漆喰の白壁。さほど大きくない平屋の一部がそそり立つように塔状になっている。昔のままならば、そこには時を告げる大太鼓が置かれているはずだ。

新八が楼内を覗くと、木綿紺色の作務衣を着た一人の老人が箒で床を掃いていた。白髪、老体の外見に似合わず、大柄で骨太そうな体形。動きもてきぱきしていた。

「お尋ね申す。ここに島田魁氏がいると聞くが、ご存じあるまいか」

老人は新八に目を向け怪訝そうな顔をし、じっと見ていたが、間もなく、

「あれ、お主、永倉新八さんじゃなかろうか」

「おお、そうよ。やはりご老体は魁さんであったか」

「なんと、懐かしい。京に参られたのか」

目と目を合わせた二人は、傍に駆け寄り、固く手を握り合った。

甲州での戦のあと別れて以来、二十三年ぶりの再会である。

年は経て顔にしわを刻んだが、お互いに面影は残っている。島田魁は、地毛の薄い白髪で、歯がないせいか、口蓋がへこんでいた。


鳥羽伏見の戦いに負けて、新選組は慶応四年（一八六八年）の一月中旬、船で江戸に逃げ戻った。その後、近藤、土方らは甲府城の奪回のため、新選組を率いて甲州方面に進撃するよう幕府に命じられる。

命じたのは、幕府軍陸軍総裁の地位にあった勝安房守（勝海舟）だ。これから東征軍と江戸城に関わる談判、場合によっては全面的な譲歩とも言える明け渡しの話をするかも知れない時に、京都で尊攘倒幕派の人斬りをしてきた新選組が江戸にいるのは不都合とばかり、体よく追っ払おうとしたのだ。

勝安房守は近藤勇に「甲府城を獲れば、あなたがそこの大名だ。幕閣も了承している」などと甘い言葉をささやいた。

近藤はすでに京都で幕臣旗本の一人になっている。だが、本来の夢はもっと大きい。多摩調布の百姓から武士になって以来、ずっとあこがれていたのは大名になることだ。

その大名の地位が目の前にちらついた。その気にさせられた近藤は、新選組の残党、旗本、御家人の子弟を集め、甲陽鎮撫隊なる一隊を組織した。近藤の名声は江戸でも轟いており、「近藤局長の下で働きたい」と願う若者が大勢押し掛けた。

約二百人規模の甲陽鎮撫隊が組織され、慶応四年三月一日、江戸を出発した。

近藤は早くも大名気取りで馬上の人となった。幕府から三千両の軍資金を頂戴しており、それに大砲八門、それに元込め式のスナイドル銃三百丁もあったから、意気揚々だった。

土方歳三、沖田総司、斎藤一、永倉新八、原田左之助、島田魁ら名だたる新選組の勇士もその隊列に加わった。

鎮撫隊は内藤新宿、高井戸などを経て、翌二日には、府中に達した。

府中は、近藤の生地調布と、土方や鳥羽伏見の戦いで死んだ井上源三郎の郷里である日野とのちょうど中間に当たる。近藤や沖田が剣術指南で多摩方面に出張っていた時に教えを受けた門弟が周辺には大勢いる。

鎮撫隊の到着を聞きつけた旧門弟たちは、新選組隊士から直接京での活躍の話などを聞きたがって府中に集まった。この中には、日野で天然理心流の道場を開いていた名主の佐藤彦五郎らもおり、多摩川を渡って府中に来て近藤、土方らと旧交を温めた。

新選組は多摩の誇りだから、門弟たちはどんちゃん騒ぎで歓迎してなかなか放さない。そのために鎮撫隊は当地で思わぬ長逗留となってしまった。

結局、府中を離れ、勝沼の手前の駒飼に達したのは三月五日であった。

土佐出身の東征軍大軍監、谷干城《たてき》率いる討幕側が前日の三月四日に一足早く甲府城に入っていて、迎撃態勢を取っていた。

両軍が対峙し、にらみ合ったのは甲府城外の勝沼付近だ。鎮撫隊の兵力は、多摩で加わった者も含めても三百人ほど。一方、東征軍は一千五百人ほどの陣容で、かつ所持する兵器も違う。戦う前から勝敗の帰趨は分かっていた。

近藤は、兵力の追加を幕閣に求めようと、土方を江戸に戻らせた。だが、三月六日早暁、優勢にある東征軍が先に仕掛け、双方の戦いが始まってしまった。火力に勝る東征側が一気に押し出し、鎮撫隊はさんざんに打ち負かされた。

隊士たちは、散り散りとなり、ほうほうの体で江戸に逃げ帰って行った。

この時、原田左之助と行動を共にした新八と、近藤の傍にいた島田魁とは離れ離れになった。近藤は隊員がバラバラになる前に、「これにめげないで、新選組の再結集を目指そう」という指示と再結集の場を兵士に示していた。

新八と原田は、近藤が会戦の場で「援軍が来るぞ」という偽りの情報を流していたことや、采配の稚拙さを見て不信感を持った。だが、再結集という近藤の指示には従うことにした。

甲陽鎮撫隊残党らは、近藤の指示通り、後日、江戸・本所二つ目にある旗本、大久保主膳正の屋敷に再び集まった。新八はこの時再び島田とも顔を合わせたが、二人の間にはいささか隙間風が吹いていた。

新八と原田はこの会合の中で、勝沼での敗将にもかかわらず、依然大名然とした近藤勇に愛想を尽かし、以後近藤らと別行動を取ることを宣言した。

ここで新八は、近藤、土方の下に残った島田とも別れた。それ以降、戊辰戦争での接点はない。

したがって、新八が此度京都で島田魁と会ったのはこの本所での一別以来ということになる。

「魁さんが新選組の屯所だった西本願寺、しかも太鼓楼にいるとはなあ」

新八が感慨深そうに楼の天井を見上げた。天井は古びているが、蜘蛛の巣などは張っていない。島田が丹念に掃除をしていることをうかがわせた。

太鼓楼は文字通り、寺内に時刻を告げる太鼓を打ち鳴らす場所である。その大太鼓は今でも当時のままにあった。

新選組が屯所を壬生から西本願寺に移した時に、寺の北塀に沿ったところに宿舎を増築し、その隣の北東角にあった太鼓楼も一部執務の場として使っていた。

「儂がこの寺に戻って来たのは、新選組が迷惑をかけたので、せめてものお詫びの意味があったからね。それにから、壬生、不動堂村に屯所があった時分死んだ新選組隊士をここで弔いたい気持ちもあった。今の貫首も儂の顔を覚えていて、儂の気持ちを了解してくれた。本当によく許してくれたと思うよ」

島田は歯を欠いているため、しゃべりが口ごもる感じがする。それが白髪とともに、一層老人の風情を漂わせていた。

屯所移転の際に建てられた隊の宿舎はすでになくなっているが、創建が古い寺のもともとの建屋である太鼓楼は残されていた。島田魁はこの太鼓楼に居座り、太鼓を打つ寺男になっていたのだ。

二

島田魁は文政十一年（一八二八年）生れだから、新八より十一歳も年上で、この年すでに満六十三歳になっている。

美濃の国で大農家の庄屋の次男坊として生れた。次男坊ゆえ家督は継げず、母方の親類の武家に養子に出された。剣の技を磨こうと最初は近くの町道場で修行したが、徐々に剣の魅力に取りつかれ、江戸に出てさらに修練する気になった。

江戸では、牛込見附の坪内主馬道場に住み込み、心形刀流を学んだ。

天保期から幕末にかけての江戸では、千葉周作道場「玄武館」の北辰一刀流、斎藤弥九郎道場「練兵館」の神道無念流、桃井春蔵道場「士学館」の鏡新明智流の三大流派が有名だった。だが、心形刀流も九代目家元、伊庭軍兵衛秀俊が幕府講武所の師範になるほどに大きな流派で、坪内道場も名が知られていた。

神道無念流を学ぶ新八は少年時代の他流試合で坪内道場を訪れ、そこで島田と初めて顔を合わせた。

剣術の流派も歳も違えども、剣を極めたいという思いを共有する二人はすぐに親しくなった。二人で他の道場を訪問し、試合を重ねたこともある。

新八はその後、やはり武者修行で訪れた試衛館で道場主の近藤と親しくなり、そこに居候。やがて道場の仲間とともに浪士隊に加わり、京に向かった。島田は新八が試衛館にいることは承知していたが、浪士隊に加わって京に出かけたことは後刻知った。

（あれほど親しくしていたのに、新八つぁんはなぜ俺を誘わなかったのか）

残念な思いがあったが、（新八つぁんには試衛館の仲間内の約束があり、多くに知らせたくなかったのであろう）と島田は解釈し、自分も浪士隊に入るべく、気を取り直してすぐに後を追った。

島田が京に到着したのは文久三年（一八六三年）五月で、新八らが京入りしたたった二カ月後だ。浪士隊は「壬生浪士組」と名を変えていたが、新八の紹介ですぐに入隊が許された。

壬生浪士組がさらに「新選組」という名を会津藩主から賜るのはこの年の八月である。

島田は心形刀流の手練れであったが、印可は受けていない。そのため、当初は戦闘部隊でなく、土方歳三の配下で諸士調役兼監察の任を命じられた。対外的には密偵、対内的には隊士監視の役回りである。

元治元年（一八六四年）六月、池田屋事件を前にして島田は密偵として古高俊太郎の捕縛に活躍した。その功績もあって、事件後、二番隊で新八隊長に次ぐ伍長に収まった。

「ここ、京では随分血なまぐさい闘いを繰り返したなぁ」

「そうだな。もうふた昔以上経つが、つい最近のようにも思えるよ」

新選組内の序列では新八の方が上だが、歳は島田が十一歳も上。しかも、新選組加盟以前の江戸での知り合いでもあったので、局内の公の席では「永倉隊長」「島田君」などと呼んでいたが、当時から二人だけや親しい仲間うちでは「新八つぁん」「魁さん」と対等の呼び方だった。

「魁さんは、儂が芸妓の小常に子供を産ませたことは知っておろう」

「もちろん、承知しておる」

「実はな、京都に来たのはお主に会いたいこともあったが、その子がどうなったか、知りたくてなぁ」

「さもあろう、さもあろう。当時、鳥羽伏見の戦さに出るときに、新八つぁんから娘と別れてきた話は聞いたたし、今でも、しっかり覚えている。だから、儂も京都に来てからなぁ、実はいろいろ昔の知り合いを訪ねて消息を探ってあげていたのよ。申し訳ないことに今では花街などにはとんと縁がなくてなぁ、これまで十分な手がかりも得ていないが……」

「そうか、それは面倒かけて相済まぬ。娘を産んだ小常はその年暮れに産後の肥立ちが悪く死んだが、娘は祇園にいる小常の姉小駒さんに預けられた。だが、その姉も芸妓の仕事が忙しかったようで、磯を貞さんという近くの乳母に預けた。不動堂村の屯所近くに娘を連れてきたのはその乳母だ。明日にでもこの乳母を訪ねてみようと思う」

早春の京都はまだ寒い。二人は太鼓楼の宿坊で火鉢を囲みながら、茶を飲んだ。出がらしの茶はうまくないが、火鉢の薬缶で煮立った湯で熱いのがせめてもの救いだった。

「そうであったな。儂もその大筋の話を聞いていたので、祇園界隈で訪ね歩いてみた。人伝てでは、小駒さんは亡くなり、預けた乳母殿も行方知れずのようじゃ」

「さようか。いずれにしても、明日祇園に行く。自分で合点が行くまで捜してみたい。……まあ当時、われわれは鳥羽伏見の戦いで死んでもおかしくなかったからな。子供にもう一度会えるなどと思ってもみなかった」

「確かに、確かに。儂らも何度か危うい目にあったからな」

二人の老剣士はそれから鳥羽伏見での戦い以降の思い出話に花を咲かせた。

三

大政奉還のあとの慶応三年（一八六七年）十二月、薩摩、長州、土佐の藩兵が京に進駐。新選組は会津藩から伏見一円を固めるよう命を受け、伏見奉行所に陣を張った。

間もなく、京の二条城にいた幕府の重役永井玄蕃頭から、近藤勇局長に「城に来てほしい」との使いがあった。近藤は島田魁ら四人の隊士を伴って伏見から二条城に向かった。

その帰り道の竹田街道墨染辺りで、馬上の近藤に銃が射掛けられた。近藤は首筋を撃たれたが、馬に鞭を入れて疾走、止《とど》めの弾は受けず、死なずに済んだ。ただ、徒歩で局長の供をしていた新選組の二人がその場に残され、襲撃者に囲まれ斬殺された。島田は危ういところ難を逃れた。

襲撃したのは御陵衛士の頭目伊東甲子太郎の実弟鈴木三樹三郎、篠原泰之進、阿部十郎、内海二郎らであった。油小路で闇討ちをしてきた新選組には恨み骨髄に入るで、必ずや伊東隊長、藤堂平助ら仲間の仇を取ると固く心に誓っていたのである。

油小路の決闘の場にいなかった内海と阿部はとりわけその気持ちが強かった。あの日、鉄砲を持って高野山辺りに鳥撃ちに行っていて不在だったのだ。その分、二人は申し訳なさから、必ず新選組幹部に一矢を報いると思い詰めていた。

近藤に鉄砲を射掛けたのも阿部十郎だ。彼は新選組内で砲術師範をしていたくらいに鉄砲の腕に秀でていて、撃った弾は見事近藤の首を捉えた。一撃では死には至らしめることはできなかったが、近藤の傷は重く、手当てを受けるため、鳥羽伏見からは離れざるを得なくなった。

近藤は大坂城に向かい幕府医事方の手当てを受け、養生に努めることになった。代わりに副長の土方歳三が新選組全体の指揮を執った。

島田は護衛に付きながら近藤を守れなかったことを恥じた。次にこんな機会が訪れたときは真っ先に死ぬのは自分だと言い聞かせた。

「永倉隊長、もし薩長軍との戦いが始まったら、それがしは真っ先に敵陣に突っ込むので、止めないでほしい」

「でもな、島田君、あんたと儂は同じ隊だ。死ぬのも一緒さ」

そんな会話を交わしていたが、後日そんな状況がやってきた。

慶応四年（一八六八年）の年明け一月三日、伏見街道で幕府軍と薩長軍がぶつかった。

同じ伏見の御香宮神社に陣を張った薩摩軍は、そこから大砲を市街地に撃ち込んできた。新選組が本部とする伏見奉行所へも砲弾が飛んできた。

土方は「これではいずれ壊滅する。ならば、先手を打とう」と薩摩軍大砲隊への斬り込みを考えた。

その企てに乗ったのが二番隊だ。血気にはやる新八や島田に引きずられるように二番隊が決死隊として御香宮の敵陣に向かうことになった。

大路を行けば鉄砲の集中砲火を浴びるので、決死隊は民家の塀を乗り越え、乗り越えして御香宮に近づこうとした。しかし、敵もさるもの。決死隊が大砲部隊に接近させないよう民家に火をかけ、敵の進撃を食い止める策に出た。

決死隊とは言いながら、これ以上進んでも火にまかれて死ぬだけだ。「犬死はしたくない」と、数軒進んだあとに隊長の新八は退却を決断した。

敵軍の鉄砲弾を受けながら、やっと奉行所の塀まで戻って来たが、皆へとへとだ。最後の奉行所の塀は特に高い。新八は鎖帷子の重装備をしていたので、土塀が登れない。それを見た島田が塀の上から鉄砲を差し出した。

新八がそれに取りすがると、島田は「えいやっ」とばかりに銃ごと引き上げて塀を乗り越えさせた。大男怪力の面目躍如である。

そのあと隣家には砲弾が直撃、間一髪のところで新八は命拾いした。

「魁さん、かたじけない。あのまま隣家でぐずぐずしていたら、今ごろあの世だったぜ」

新八の感謝の言葉に、島田は「江戸以来の朋輩が何を言うか」と言わんばかりに平然としていた。


話し込んでいるうちに太鼓楼の外は大分暮れてきた。初春の京都はやはり底冷えがする。境内も参拝客は消え、静けさを取り戻した。

島田は会話中、何度か太鼓をたたきに行っていたが、「暮六つ（午後六時ごろ）の太鼓で仕舞いだ」と言った。

「新八つぁん、宿は決めてないと言ったな。ならば、今日は儂のところに泊まったらどうか。寺務所に断れば済む話だ。それから、日も暮れたので、ちょっと外に出ないか。酒でも飲みながら、話の続きをしよう」

島田魁は、西本願寺西門前に寓居を持っていた。だが、太鼓楼の一室で寝ることも多かった。島田は、新八に寓居でなく、昔懐かしい太鼓楼で一緒に寝ようと誘ったのだ。

新八も太鼓楼に泊まることを了承し、二人で西本願寺正門前の居酒屋に入った。

新選組時代、島田は甘党で有名だった。彼の作る汁粉は甘すぎて他の隊員で手を出す者はいなかったほど。だから、新八には島田の申し出は意外だった。もともと甘党、辛党の二刀流だったのか。いや、寺男になってから酒も嗜むようになったのか。

「呑みや」と書かれた大きな赤提灯が店先に掛かっていた。蠟燭の灯りである。店内は石油ランプだった。明治のこのころ、すでに京都でも電灯がお目見えしていたが、まだ安い居酒屋までには普及していなかった。

文明開化の影響で商家などは店舗の風貌を変えてきている。ただ、庶民の居酒屋はそれほど変わっていない。自然木を丸く薄く切ったままの卓に、酒樽の椅子。年増の仲居も丸髷に着物姿だった。

肴は干し魚、野菜の煮物、漬物が中心だ。牛肉、猪肉を使った焼き物、煮物などいささか文明開化の影響を受けた献立も入っているが、それはそれで値段が高くなっている。

島田は燗の清酒を注文した。肴は京都地物の千枚漬けと鰯の目刺しだ。寺男の給金は低いから、旧友の接待でも簡素なものだった。

新八は、注がれた酒をぐいっと一気に飲み干して、昔話を切り出した。

四

「それにしても、甲陽鎮撫隊って、何だったたろうかね。今考えると、虚しさが込み上げてくるだけよ」

最初の話題は、近藤隊長と諍いを起こし、そして新八、島田の間にも隙間風が吹き始める原因となった甲陽鎮撫隊の一件だった。もう一度振り返って、隙間風が吹いた原因などを探ってみたかったのだ。

「近藤さんはにぎにぎしく軍馬に乗り、大名気分だったぜ」

新八は苦々しい顔をした。

当時、近藤は大名にこそなっていないが、慶応三年（一八六七年）六月、将軍お目見得以上の旗本三百石格の幕臣に取り立てられていた。なるほど、働きによっては大名の可能性がないわけではない。

鎮撫隊一行は、土方副長の郷里日野近くの府中で二日もとどまり、旧門弟らがおらが村の英雄来るという感じで大勢集まってきて、飲めや歌えの大騒ぎとなった。

「確かに、およそこれから大戦《おおいくさ》をするという感じはしなかったなぁ」

甲府への進軍の様子は、近藤の近くにいた島田魁もよく覚えている。

新八は、甲陽鎮撫隊が日野に留まりすぎたために、甲府の戦いに遅れた近藤の指揮の不手際を取り上げた。さらに、彼の偉そうな態度まで不愉快そうに振り返った。

新選組時代から、近藤が勤王佐幕の目的で集まった武家同志の組織の長というより、殿さまと家来という感じで仲間と接してきたことに、新八は腹を立てていた。特に池田屋事件で、会津侯からお褒めの言葉を賜ってからはその傾向が一段と強くなったような気がした。

そのために、新八は同じ小隊長仲間の原田左之助や斎藤一と語らい、近藤を弾劾するための告発状いわゆる「近藤非行五カ条」を持って、黒谷の金戒光明寺にいる会津侯のところに直訴している。この連判状の中には島田魁も名を連ねていた。

新八も島田も公に近藤勇局長を糾弾する以上、切腹も覚悟したのだ。幸いに、会津侯の取り成しもあって新選組の大きな内紛には至らなかった。だが、近藤は表面的にはすべて水に流す振りをしながら、その一件を忘れなかった。

慶応三年正月に伊東甲子太郎らと島原に流連《いつづけ》て、隊規に触れたときに、近藤は永倉新八にすべての責任を取らせて自害に追い込む動きも見せた。近藤の心底には「近藤非行五カ条」の首謀者である新八への恨みが残っていた。

甲陽鎮撫隊が敗北したあと、新八が江戸での新選組の再結集に応じながら、その後近藤との同行を拒否したのは、近藤の唯我独尊の姿勢が許せなくなったからだ。

会津侯への近藤告発騒動のあと、島田はむしろ近藤に近づき、お側衆的な立場になった。近藤は、島田が自分と同じ百姓の出ながら武家を目指したという経歴に親しみを感じ、島田もそれを感じ取って距離を縮めたのだ。

これに比べて、新八はれっきとした武家育ち。心底では、百姓出の近藤を低く見ていたのかも知れない。幕末の戦いの中で、原田左之助と誼みを通じ、終始行動をともにしたのは、原田が足軽ながら武家に育ったという共通性を感じたという理由もあった。

「近藤さんが甲陽鎮撫隊を引き受けたのは、やはり大名になりたかったからだろうね。儂は近藤さんと一緒で百姓の出だから、武士になった以上出世したいと願う気持ちはよく分かる。幕軍の頭領として入った多摩は、武家となった近藤さんの一世一代の晴れ舞台だ。試衛館時代に出張指南で剣術を教えた者たちに歓待されて有頂天になったのさ」

天領であった多摩では、早くから百姓、町人にも武術熱が高く、牛込柳町の天然理心流道場主、勇の養父近藤周助が各所に支部道場を置いた。それで同流派を習う百姓、町人が増えたため、近藤勇や師範代の沖田総司が出張教授していたのだ。

島田はそういう過去を引き合いにして、甲陽鎮撫隊での近藤の振る舞いをかばった。

「だがな、魁さん。あの時、日野でぐずぐずしていなかったら、倒幕軍より先に甲府城に入れたかも知れない。その時こそ近藤さんは一国一城の主だ。本当に大名気分に浸れたかも知れないんだぜ」

「でも、それも明智光秀のように三日天下で終わったさ。今思えば、あの時節の勢いは薩長側にあった。われわれが甲府城に先に入り、籠ったところで、一日、二日ほどで落城してしまっただろう。……もしも籠城戦を戦ったとしたら、結局は城を枕に皆討ち死にだった。われわれが今日まで生きてこられたのも、勝沼で敗退し、江戸まで逃げ帰ったからではなかったか、そうだろ、新八つぁん」

新八は数々の戦いの修羅場を潜り抜け、島田の言うように今も生きている不思議さを強く感じた。幕府が倒れ、新政府ができてからすでに二十年以上経っている。

「ところで、魁さんは土方副長らとともに、箱館まで転戦したのだろう」

新八は江戸生れ、江戸育ちながら、もともとは蝦夷地の松前藩士。藩医杉村松柏の次女よねと結婚したあと、蝦夷地から名を北海道と替えたその地に住んだ経験もある。だから、函館界隈も詳しく、箱館戦争のことも良く聞いている。

それに東京に出る前は札幌近くの政治犯監獄、樺戸《かばと》集治監で看守相手に剣術指南をしていた。函館どころか北海道全体の事情にも通じていた。

島田魁は、江戸で新八、原田らと別れた後、近藤、土方らと行動を共にした。近藤は下総の流山で東征軍につかまり、板橋で処刑されたが、島田は土方に付いて、松平容保侯の城下会津若松に向かった。

東征軍が会津城を包囲したのを見て、斎藤一らは藩兵の一人として城内に残り、東征軍と戦った。だが、城外で戦っていた島田は土方らとともに行き先を仙台に変え、そこからさらに榎本らの軍艦に乗り込み、箱館に向かった。会津戦争でも新選組残党は二派に分かれた。

榎本武揚や大鳥圭介らの幕臣が箱館五稜郭を占領し、ここを拠点として蝦夷共和国という新しい国を創ることを決めた。土方、島田らは軍事面からその国創りに協力することにしたのだ。

だが、新しい国創りも薩長東征軍の攻撃によって半年余で潰えた。最後に、榎本ら幹部は徹底抗戦でなく降伏する道を選んだ。土方は最後の戦いで死を選び、島田は降伏によって生き延びた。

「そう、あの時も榎本総裁ら幹部が徹底抗戦を叫んだら、最後は五稜郭で討ち死にだったろう。儂も何度も死線を越えてきて、今までこうして生きている。実に妙な巡り合わせの人生だ」

二人は再び酒杯を持ち上げて、互いの顔の前にかざして微笑み、生きている不思議さを実感した。

五

「実はな、魁さん。儂はお主や近藤さんらと別れた後、原田とともに、剣の同門で仲が良かった芳賀宜道《はがぎどう》のところを訪ねたんだ。芳賀はお主も知っておろう。江戸にいたころ、道場破りをしていた仲間だ。そこで、倒幕軍として戦い抜くという点で考えがまとまり、彼の周りの幕臣や旗本、御家人らを集めて靖共隊《せいへいたい》という組織を創った」

「その件はいささか聞き及んでいたが……。新八つぁんも戦い続けていたんだね」

「……いい思い出はないがね」

芳賀宜道は元の名を市川宇八郎と言う。もともと永倉家と同じ松前藩士で、剣も新八と同門の神道無念流。若い時に一緒に関八州各地に武者修行に出て、数々の道場荒らしをした仲であった。芳賀は六尺余の長身で力もあり、柔術にも優れていた。

本来は新選組に加わっても良かったが、旗本芳賀家の養子になったことから、京に出ず、江戸に残った。京での新八ら新選組の活躍を聞くたびに、悶々とした日を過ごしていたことだろう。いつかは幕府のために働きたいとの思いがあった。慶応四年（一八六八年）三月、勝沼の戦いに敗れ、江戸に戻った新八と原田左之助、さらに矢田賢之助、林信太郎、前野五郎ら元新選組の残党が近藤、土方と別れたあと、深川冬木弁天で道場を開く芳賀の元を訪れ、討幕軍と戦うよう勧誘、説得した。

するど、芳賀は二つ返事で、道場をたたみ、その行動に参加することに同意した。

新しく靖共隊という組織が結成され、芳賀が隊長、新八、原田が副隊長、士官取締が矢田賢之助となった。

靖共隊は北関東に赴き、小山、安塚、宇都宮、今市などで官軍と戦った。南会津の田島まで行き、一時は大島圭介率いる幕府軍と合流し勢いを増したが、その後は矢田が銃撃されて即死するなど敗戦を重ねた。

原田左之助は行軍途上の小山付近で、突如「江戸に戻りたい」と言い、別行動を取った。

原田がなぜ親しくしていた新八と別れたのかは謎だ。戦いに嫌気が差したという説もあるし、芳賀との折り合いが悪くなったと言う人もいる。あるいは、京都で所帯を持った女に産ませた子供に会いたくなったからだという話もあった。

原田のその後の足取りは明らかでないが、江戸に戻ったのは間違いない。そこで討幕軍の残党狩りに遭い、彰義隊に加わらざるを得なくなったのではないか。最後は上野の戦争で鉄砲弾に当たり、討ち死にしたと言われている。

靖共隊は江戸出発時、百人近くいたが、度重なる敗戦の中で、隊士同士の意見の対立があったり、隊員が討ち死にしたりで徐々に人数を減らしていった。新八と芳賀は寄せ集めの靖共隊を率いることに限界を感じていた。

そこで、本隊の指揮を林信太郎、前野五郎に任せ、靖共隊を離れることにし、二人は数人の同調者とともに別個に会津若松城に向かった。佐幕の志厚く、新選組の面倒も見てきた松平容保侯が国に戻っていることを風聞していたからだ。

会津に達しても、鶴ヶ城の周辺にはすでに東征軍が取り巻き、入城することはかなわなかった。仕方なく奥羽越列藩同盟で会津の強い味方であった上杉藩の米沢を目指した。

ところが、新八らが米沢に達する前に、米沢上杉藩はすでに東征軍に降伏していた。

ために入城できず、新八らは三カ月ほど米沢近郊の旅籠、寺などを転々と隠れ住んだ。城内は東征軍であふれていることから、やがて米沢にも居づらくなり、他への移動を考えざるを得なくなった。

そのころ、島田魁は土方歳三の指揮下で会津若松城の近くにいて、実際に東征軍と戦った。戦い利あらずで、新八より一足先に米沢を経て仙台に赴き、そこから榎本武揚の艦隊に合流し、蝦夷地に向かった。

土方、島田らが米沢、仙台経由で蝦夷に向かったころ、新八らは米沢を転々としていたので、同じ町にいたという接点はあった。ただ、双方とも東征軍に見つからないよう隠れ隠れの行動であったため、出会うことはなかった。

「新八つぁんもあの時に会津、米沢にいたんだね。……でも、一度も会えなかった。あの時点で、最後まで佐幕に徹するという新選組隊士の思いは同じながら、皆ばらばらになってしまっていたんだなぁ」

「靖共隊で一緒だった一部の連中は、やはり仙台に向かったよ。覚えているだろう」

「ああ。後で加わった隊士から、新八つぁんの噂も聞いた。恐らく会津で戦死しただろうという話だった。だから、箱館戦争のあと、しばらくして風の便りでお主が生きていると聞いて驚いたさ」

「それは、儂も一緒だ。魁さんは蝦夷地まで行ったと聞いたので、土方副長とともに戦死したものとばかり思っていた。それがなんと昔懐かしい京都に舞い戻っていたとは。お釈迦様でも驚いているだろうよ」

二人は声を出して笑った。

六

靖共隊残党のかなりの者は仙台、箱館方面に向かったが、新八、芳賀の二人は別の選択をした。江戸に戻ることだった。別にその後の目論見があったわけではない。

二人とも江戸生れで江戸育ちなので、戦いに敗れ、疲れたあとの虚脱感だった。反動で無性に江戸が恋しくなった。もう一度江戸を見て、江戸で死にたいと思ったのだ。

米沢から新八、芳賀に同行する者は他に二人。新政府軍に見とがめられないよう町人、百姓姿に身なりを変えた。途中他の隊士二人は別行動を取ると言い出し、新八、芳賀は二人だけで越後経由の遠回りをして江戸に向かった。

新政府軍がうようよいる、東京と改称された江戸に、二人が舞い戻ったのは明治元年（一八六八年）十二月。この年九月に元号は慶応から明治に変わっていた。

江戸への道中、越後路で知り合った元旗本の男に路銀などを恵んでもらう僥倖もあった。さらに、江戸でも当初はその男の屋敷に匿われていた。元旗本は、江戸深川の埋め立て地洲崎で遊郭を経営していた。

上野の彰義隊の戦いはこの年の五月に終わっている。東京は年末を迎え、幕軍狩りのほとぼりが冷めたかなとの雰囲気も出てきたので、二人は浅草にある芳賀家に移った。芳賀は女房が恋しくなったのだ。

新八も松前藩邸に実母利恵がいたし、知り合いもいたが、旧藩はすでに新政府側に与している。彼らに迷惑をかけるわけにはいかない。芳賀邸で若い時からの剣友とともにひっそりと暮らすことを選んだ。

芳賀宜道は江戸の妻の元に帰り、すっかり安心してしまったのか、愚かなことに、明治二年（一八六九年）一月初め、妻の実兄藤野亦八郎と連絡を取り、深川のすし屋で酒席を持った。藤野は元旗本ながら、すでに新政府側に通じており、芳賀の消息を薩長軍に伝えていた。

芳賀は捕縛に駆け付けた新政府軍と刀争に及び、斬り殺されてしまった。

新八はこの一件で江戸における身の危険を感じ、行く場を失って途方に暮れた。当初、迷惑を掛けられないと旧藩の松前藩との接触は遠慮していたが、最後はそこに頼るしかなかった。

父親と親しかった江戸家老、下国東七郎をひそかに訪ね、相談を持ち掛けた。すると、下国は「藩に戻ったらどうだ」と、あっさりと新八の帰参を許してくれた。

二月、百五十石という父親と同じ俸禄で、武術指南という役回りで再仕官した。下国も新選組における新八の武名を聞き知っており、それなりの敬意を表したのだ。

母親利恵は存命していて、再会を果たす。

「幽霊ではあるまい。どうして生きておったのか」

老齢の母は滂沱《ぼうだ》の涙を流して喜んだ。京で暴れまくった新選組の幹部であった上、反官軍の戦いをしていたのだから、生きているわけないと思っていたのであろう。

新八の帰参から間もない七月、母はこの世を去った。息子の無事を見て安心したかのように、静かに息を引き取った。

京都に残した娘が東京の永倉家に引き取られたという話はしていなかった。ということは、磯の乳母は江戸の永倉家に孫の消息を知らせていなかったのだ。

新八は、藩邸内の長屋に住み、屋敷内でフランス式教練の教官となった。新選組時代にフランス人から仕込まれ、洋式練兵術をかじっていたことが役に立った。

その後、松前藩士としてひっそりと生活し、外出はなるべく避けていた。だが、翌明治三年（一八七〇年）の夏、思いがけないことが起きる。

友人を訪ねて出かけた大川（隅田川）の両国橋の上。京の油小路で斬殺を図った高台寺党生き残りの一人である伊東甲子太郎の実弟、鈴木三樹三郎と偶然出会ってしまったのだ。

二人が剣で立ち合えば、新八が上だが、ここで勝ちを収めたところでどうにもならない。鈴木は新政府軍に属しているので、仲間や同僚を呼び集めれば、立場が不利になるのは明らかだ。

新八は（しまった）と思ったが、もう遅い。橋の上で逃げ場もない。会釈し無言ですれ違おうとすると、鈴木が話しかけてきた。

「久しいのう。お主、今どうしておる」

「旧藩の松前藩に帰参しておる」

今では新政府軍に与する松前藩なら手出ししにくいだろうという思いが新八にはあり、それを強調したつもりであった。

「そうであったか。では、またお目にかかろう」

短い会話で二人はすれ違った。

場合によっては振り向きざま一太刀浴びせてくるのではないかと思って、新八は刀に手を掛け、鯉口も切ろうとした。だが、鈴木は何もせず通り過ぎた。

新八はしばらく鈴木の去る方向を見ていたところ、数尺ほど行って向こうも振り向き、こちらをうかがった。鈴木も彼我の剣の腕を承知しているので、一対一では手出しできなかったのだろう。そのまま含み笑いをして去って行った。

後日、その含み笑いの意味が分かった。下谷三味線堀近くの松前藩邸周辺に明らかに刺客と見られる数人がうろつくようになったからだ。

油小路の一件に関わる鈴木の恨みは晴れていなかった。仲間を募ってあくまで永倉新八を屠りたいと思ったのであろう。

新八がその旨を家老の下国に告げると、「藩邸内での住まいでは差し障りがあろう。我が家に来てはどうか」と、しばらく自宅に匿ってくれた。

そればかりか、「今後、江戸にいてはまずかろう」と言って、松前藩領への転居を取り計らってくれた。それは、藩医杉村松柏の次女よねの婿養子になることが条件だった。

新八は京で連れ合いにした小常や娘の磯に思いを残しながらも、新しく妻を迎えることを承知した。そして、明治四年（一八七一年）一月、東京を離れ、松前に向かった。

蝦夷地の南端にある松前は箱館からそれほど離れていない。その箱館で戦われていた戊辰戦争最後の戦いは前々年の明治二年五月十八日まで続いた。土方は五月十一日の最後の突撃で死んだが、島田ら新選組の残党は榎本武揚、大鳥圭介らとともに降伏し、生き残った。

この戦争には、松前藩も新政府軍側として出兵している。新八の帰参が明治二年二月だから、もし藩が新八の帰参後直ちに出撃を命じたとしたら、新政府軍側として箱館戦争に参加しなければならなかった。となれば、蝦夷共和国側にいた島田魁や土方歳三とも戦うことになったのだろう。

新八は仮定の話として、その可能性があったことを島田に告げた。

「確かに、そうであった。新八つぁんとわれわれは敵同士になっていたのかも知れぬなあ。戦場で敵味方となって相まみえれば、驚いてしまっただろうなぁ」

島田は、杯をぐいと飲み干し、もう一方の手でキセルをポンとたたき、悪い冗談を言ったあとのように苦笑いした。

「帰参した以上、藩命があれば、逆らえない。幕命より藩命が上だ。儂も新政府軍の一員として参戦したことであろう。でも正直なところ、戦場で魁さんや土方さんには会いたくなかったなぁ」

「でもな新八つぁん、箱館戦争はもう大砲、鉄砲中心で、白刃の戦いなどほとんどなかった。現に、土方さんは鉄砲に撃たれて死んだ。永倉隊長がいかに白刃の戦いに優れていようと、あまり活躍できる場がなかったように思えるよ」

「いずれにせよ、そんなことがなくて良かった。油小路で藤堂平助をわれわれが斬り殺したことは今でも儂の心の傷みとなっている。かつて仲間であった者同士の殺し合いはこりごりだ」

「そうであった。良い思い出ではない。儂も京都に戻り、七条西に行くたびにあの油小路の同士討ちを思い出してしまう。悲しい出来事だった」

二人は、思い出話をしながらかなり長い時間、酒を呑んだ。もう老齢だということもあって、酒量はたいしたことはない。ただ、呑めば呑むほどに酔えない気分にもなった。

心置きなく酒を呑むには、京での生活はあまりにも重く、強烈な思いを残してきた町だったのだ。

新八はその日、太鼓楼の寺男の部屋で島田と枕を並べて寝た。

島田の老人特有のいびきに悩まされたが、体は疲れていたし、布団の中に炭の行火を入れてくれたお陰で、ほどなく眠りに就くことができた。

第三章　津田三蔵

一

「帰命無量寿如来《きみようむりようじゆうによーらい》、南無不可思議光《なもふーかーしぎこう》、法蔵菩薩因位時《ほうぞーぼーさついんにーじ》、在世自在王仏所《ざいせーじーざいおうぶーつしよー》」

翌朝早く、寺の本堂から大勢の僧たちの読経が聞こえてきて、永倉新八は目を覚ました。親鸞聖人が書かれた「教行信証」の中で、阿弥陀念仏を強く主張した「正信偈《しようしんげ》」という経文である。

朝の勤行では必ず詠まれるものだけに、新八にとっては、新選組の屯所としていた時代に慣れ親しんだ音調であり、妙に落ち着いた気分になる。時の隔たりを一瞬忘れてしまうほどだった。

新暦三月末。春とはいえ、早朝の京都はまだ寒い。西本願寺で寺男をしている新選組時代の盟友島田魁の宿坊で、新八は京都訪問二日目の朝を迎えた。

島田はすでに起きていて、味噌汁と粥の簡単な朝餉を用意してくれた。刀槍を用いて命のやり取りをしていた新選組の伍長時代には考えられないことで、（こんな賄いをいつ覚えたのだろう）と新八は思った。

朝餉を食べ終わると、新八は「では、魁さん、娘捜しに行ってくる」と言って早速庫裏を後にした。

向かうところは東山四条下の祇園。娘の手がかりが唯一そこにあると確信しているのだ。

五条通りを東に向かい、鴨川を渡って、川沿いに北上した。

幕末期、京都市中の治安維持は、新選組、見廻組、佐幕派の藩兵などが区域を分けて担当していた。新選組は鴨川の西側から、西は、豊臣秀吉が御所守護のために造ったとされる御土居（土塁、南方は千本通り、北方は西大路通り）までと比較的広範囲を担った。

その中でも四条、五条通りは東西に延びた主要路であり、新選組隊士たちも屯所であった壬生寺から市中巡察に出るための通いなれた道だった。

祇園で最初に訪ねたのは、小常の姉小駒がいた「一力茶屋」だ。

新八は新選組時代にこの茶屋にも何度か足を踏み入れている。粋な黒塀を四条通りに連ねる店の外観は変わらない。懐かしい感じはするが、もう自分とは縁のない場所だとの思いがそれ以上に強かった。

玄関で「どなたかおられるか」と声を掛けると、年配の女中が直ぐに出てきた。

「どちらさまで」

応対した年配の女性は顔見知りではなかった。すでに二十年以上経っている。花街では、下働きを含めて、それほど長く勤める女性もいないだろう。

「杉村義衛と申す者でござる。東京から参った。実は、それがし幕末のころ京都におって、ある女性と所帯を持った。その女は死んでしまったが、身内が一力茶屋で働いていたと聞いたので、訪ねてまいった。小駒という源氏名を使っておった」

新八は手短に事実を話した。

「小駒さんな、存じてます。だいぶ前にいはった芸妓ですやろ。……今はおりまへん。御一新のあと、間もなく死にましたんや。……そう、胸の病でしたね。こちらで弔いも出しました」

年配の女性は案外古手の女中なのだろう、維新前後の茶屋のことを知っていた。

小常の姉小駒も死んでいるということ。島田魁が噂話として聞いていたが、やはりその通りであった。

　それでも新八は畳みかけるように聞いた。

「では、お聞きしたいが、小駒さんには小常という芸妓の妹子がいて、妹子には娘がいたのです。ご承知であろうか。小常という芸妓は維新前に死んでしまったので、娘は確か小駒さんが預かっていたはず。でも、小駒さんもお座敷に忙しいので、その娘はお貞さんというこの近くの乳母に預けられ、養育していたようですが……。その娘を捜しています」

「どうしてその娘さんをお捜しで」

「磯と名付けられたその子は、実は、私の娘なんです」

「なんと、では、あんさんは新選組の方どすか。昔、小駒さんから、幼子を見せられ、『この子の母は私の妹だが、父親は新選組の隊士なんよ』ということを聞かされておりました」

「そうでしたか。そんなことがありましたか。……で、そのお貞さんと幼子は今、どこにおりましょうか」

「私自身は、そこまでは分かりません。おかみさんや他の女中に聞いてまいりましょう」

年配の女中はそう言って奥に下がった。

新八は待つ間、玄関を眺めまわして往時のことを思い出していた。

玄関の下駄箱の上には、早咲きの桜が生けられた小鉢が置かれていた。

新選組結成当初の局長だった芹沢鴨は特にこの一力茶屋を気に入っていて、二日と空けずに飲みにやってきた。お気に入りの芸妓もいたのだ。

新八と芹沢は神道無念流の同門。その縁からか、芹沢は祇園詣でに新八を誘うことが少なくなかった。

芹沢が壬生の屯所で暗殺されたあとも、原田左之助や藤堂平助、伊東甲子太郎ともこの座敷で呑んだことがある。

しばらく懐かしさに浸っていると、奥から顔に見覚えがある中年の女が出てきて、大仰に声を掛けた。

「お久しぶりでございます。永倉はんどすやろ」

茶屋の主の娘だった。幕末当時はまだ十歳台半ばの歳で、初々しい姿で帳場の仕事を手伝っていたのを新八も覚えている。帰り際にお捻りを渡すと、ニコッと笑った顔がかわいかったが、今ではもう四十前後の中年の女将に変わっていた。名は信江とか言ったか。

「そう、永倉です。今では、杉村義衛と名乗っているが……。お前さんは信ちゃんであろう。面影がある。懐かしいのう。その節はいろいろ世話になった」

「本当に懐かしい。あの時はまだ十歳を超えたばかりの小娘でしたが、今ではこんなにおばちゃんになってしまって」

「時が経てばだれでも歳を取る。それは仕方のないこと。でも信ちゃんは今でも若々しいですぞ」

確かに、まだ四十前後には見えなかった。丸顔で、もともと幼顔であったせいか。だから、新八は女の必要以上の謙遜に、世辞ではなく率直な感想で返した。

「あの当時、新選組は眉目秀麗の方が多うございました。私もまだうぶな娘の身ながら、藤堂平助さんや沖田総司さんに心をときめかしていたんどす。……もちろん永倉さんにも」

「そうであったか。それは嬉しい話ですな」

新八は、藤堂や沖田のついでに名前を言われたことにいささかのわだかまりを感じながらも、見知った人に会えたことは素直に嬉しかった。そして、先ほど仲居に告げた娘捜しの話を信江女将にも伝えた。

「小駒さんのことも、小常さんのことも母親から聞いて承知しています。お二人ともお亡くなりになりはったのは本当に残念どす」

「で、乳母のお貞さんのことはご存知で」

「はい、承知しております。ご近所の人でしたから。確か今は、鹿ケ谷の方に住まはっているようですよ」

鹿ケ谷は会津藩の宿営地となっていた黒谷金戒光明寺の奥。五山の送り火（大文字）が行われる東山のふもとにある村である。祇園からは一里（約四キロ）もない。

「鹿ケ谷に大きなよろず屋さんがありますのんや。そこで聞いてもらえば、住まいが分かると思います」

「そうですか。では、さっそく行ってみましょう。……隊にいたころの昔話をもっとしたいのですが、今は娘捜しが優先されますので、失礼つかまつる。また、時間があれば訪ねますので、その節はよろしく」

新八は早々に一力茶屋を辞去した。

東の空のお天道さまが建仁寺の鬱蒼とした木々の間から上がって花見小路を照らした。新八はまぶしそうに眼をぱちくりさせながら、身を翻して陽光に背を向け、四条通りに出る。その通りを渡って、白川沿いに鹿ケ谷に歩を進めた。

途中、金地院の大門が目に入ってきた。昔と同じ風景で、特段見入ることもない。

三月は柳の芽吹き時で、白川沿いの柳の葉も緑の量を増していた。そのしなやかな緑が風に揺れて顔に絡んできたが、新八は気にはならなかった。

今はただ娘の消息を知りたいという思いで頭がいっぱいで、その唯一の手がかりであるお貞さんに再会できると思うと胸の動悸が高まった。ひょっとしたら、磯もそこにいるかも知れないとも思った。

二

東山山麓の真如堂近くに達すると、村の入り口によろず屋があった。よろず屋の主人に聞いて、お貞さんの家はすぐに分かった。かやぶきの小さな農家であった。

家の門はなく、ただ、植え込みの垣根があるだけ。塀にはほうきや農具が立てかけてあった。陋屋《ろうおく》である。

新八は玄関と呼べないような粗末な出入り口で「ごめん」と叫んだ。

すると、二十歳過ぎの若い女性が「どなたさまですか」と言いながら、奥から出てきた。

女性は化粧っ気がなく、紺の木綿の袷にカルサン袴を履いていた。だが、整った顔立ちであり、田舎にはまれな上品さも備えていた。

新八は一瞬、（娘の磯ではないか）と思い動揺した。が、声はなるべく平静さを保った。

新八は挨拶も早々にして、一力茶屋訪問の時と同じように、自分の素性と幕末に生れた娘のこと、その娘を乳母のお貞さんが連れてきて最後に面会したことなどを説明した。

すると、若い女性は「母貞子は一昨年死にました」と告げた。

お貞さんは、平民苗字必称令により岡田貞子という姓名になっていた。

「それは愁傷なことで、お悔やみ申し上げます。……で、お貞どのが育てていた磯という娘のことは聞いておられないか」

新八はそう言いつつ、目の前にいる女性が磯ではないかとの思いをさらに募らせた。そういう気持ちが無言のうちに女性に伝わったようで、きっぱり言い切った。

「私は磯さんではありませんよ。私は吉といいます」

最大の手蔓《てづる》と見ていた乳母はすでに死去しているという。新八はがっかりした。

でも、消息の手がかりはまだあるはずだ。

吉は老人の目から一刻も早く娘の消息を知りたがっていると察知した。そこで、

「私も母から、磯さんの話は聞いております。……私がここに来て間もなく、はやり風邪でなくなりはったと」と告げた。

「何ぃー、磯は死んでいる……。それはまことか」

新八は驚愕のあまり声を張り上げた。

「ええ、そのようです。墓もあります。母親の墓や、磯さんの養育を頼んできた小駒さんの墓も近くにあると聞いてはります」

（えー、何ということか）

新八は呆然とし、しばらく二の句が継げなかった。

頭が真っ白になった。

戊辰戦争で死ぬと思っていた自分が生き残り、乳母の手の中で元気はつらつで泣いていた娘がすでにこの世にいないとは。何と皮肉なことか。

「ところで、吉さんは貞さんの娘子ですか」

新八はしばらくして、気を取り直して聞いた。

目の前の娘が磯でないなら、どういう女子か知りたかった。

「いいえ、私は外からもらわれてきて、この岡田の家で育てられた養女です」

「そうでしたか、貞さんは磯のほかにあなたも引き取っていたんですね」

すると、吉はそれには直接答えず、

「小駒さんには妹のように可愛がっていた芸妓で小百合という方がおいやす。詳しくはその芸妓はんに聞いてみたらどないでしょう。私より詳しいことが聞けるかと思います」と付け加えた。

憔悴した新八を見て、少しは慰める意味もあったのだろう。

（良かった。まだ、手蔓はあるようだ）

吉から、小百合がまだ祇園の芸妓として働いていることを聞いて、新八は再び祇園に引き返すことにした。磯のこと、一刻も早く正確な消息を得たい、新八は、そのことで頭がいっぱいになった。

三

祇園への道は往路と違って、白川対岸の土手をたどった。左手に東山を仰ぎながら、やや下り坂の道。柳の木のすだれを通して南禅寺塔中なども遠目に見える。

さらさらと流れる白川の水は清らかで、白鷺が数羽、川中で魚をついばんでいた。商家の奉公人と見られる女が船着き場の階段に腰を下ろし、青菜を洗っている。これも昔と変わらない風景である。

藩主が京都守護職であった会津藩は新選組を「お預かり」という形で配下に組み入れたが、藩の本陣は吉田山ふもとの黒谷金戒光明寺にあった。新八もしばしば出頭する機会があったので、何度か通った道なのだ。

その白川の橋を対岸に渡ろうとした時、向かい側から邏卒《らそつ》（巡査）姿の若者が来て、行く手を遮った。

新八が右手に寄れば相手も右に動き、左手に寄れば左に寄る。

田舎道である故に人の往来はない。狭い木橋の上だけに左右に逃げ場はない。

相手からは、殺気は感じられないが、明らかに新八を狙った動きである。

彼我の間は二間（約三・五メートル）ほど。

「貴公、儂に何か用か」

新八はステッキを握り直しながら、尋ねた。

若者は何も答えず、黙ってサーベルの剣を抜き、片手で右上段に構えた。

「この白昼、何の真似か」

新八は叫んだが、返事はない。

そうであれば、是非もない。ステッキを相手の顔の前に突き出した。

すると、邏卒姿の男は右上段から袈裟切りにサーベルを振り下ろしてきた。新八の身体には届かない距離と判断した上での一振りだった。

歳は取っても新八は一流の剣客。剣先が自らの身に届かないと見切っていたので、その一閃はステッキで受けず、一歩だけ後退した。そしてステッキを片手で腰前に付け、正眼に構え直した。

実は、新八のステッキは仕込み刀になっている。普段は下げ緒でしっかりと鞘と柄の部分がつなぎ止められて、容易に本身を抜けるものではないので、ステッキのままの構えだ。

「貴公、何者だ。儂にこんな無体なことをするわけを聞こう」

新八は、今度は冷静に問うた。

若者はそれでも無言。さらに半歩前に出、振り下ろした剣を引き付け、下から逆袈裟にすり上げてきた。新八には、その剣も届かないことが分かった。

だが、相手の無礼さに不愉快さを増し、今度は自らが一歩踏み込み、ステッキを振るって相手の小手を打った。小手打ちは神道無念流の得意技である。

直撃されて、若者はサーベルを落とした。真剣であったら、手先が切断されていただろう。

「これは失礼をいたしました。殺意はございません。どうかお許しを」

邏卒は相手の剣筋に驚いたのか、やっと口を開いた。そして、そこにひざまずいて頭を下げ、謝った。

「では、なぜこのような真似をする」

「先ほど鹿ケ谷方向に向かう御手前の風体を見て、それなりの剣客と思いました。帰りを狙い、失礼ながら、試しに仕掛けてみました。いや、想像以上でした。誠に失礼の段、お許しください」

「儂が剣の遣い手かどうかを確かめてどうするのか」

「剣客であれば、お願いしたきことがございます。貴殿のお名前をお聞かせ願えませんでしょうか」

新八は無礼さを感じながらも、不思議と怒りは湧いてこなかった。相手の態度から無頼な感じは受けなかったからだ。

「相手の名を聞こうとするなら、まず自ら名乗るのが筋であろう」

「いかにもそうでありました。私は津田三蔵と申します。滋賀県警察に奉職しております」

「そうか、制服通りの警察の者か。儂は今、名乗るほどの者ではないただの老人だが、杉村義衛と申す。東京から参った」

新八はかつて京都で暴れまくった新選組の残党であることを隠した。そんなことを若者に語ったところで、詮無いことだと思ったのだ。

すると、邏卒は改めて「名のある剣客とお見受けいたしました。お時間あるなら、ぜひ私の話を聞いてもらえないでしょうか」と言い、近くの寺院の境内に誘った。懇願する目が真剣であるので、新八も断れなかった。

誘いに応じて、二人で近くの寺院の境内に入り、四阿《あずまや》の板椅子に腰かけた。すぐ脇の桜の木は、数輪の花が咲いているものの、まだほとんどはつぼみのままだ。

「儂は今、京都で肉親を捜しておるところで、忙しい。だが、些少なら時間があるので聞こう。話とは何か」

新八が尋ねると、邏卒は、打たれた小手をさすりながら、

「改めて、私の素性について説明します。私は現在、滋賀県警察に在職しておりますが、もともと江戸の下谷柳原の出、父は伊賀上野藤堂藩の藩医をしておりました」と話し始めた。

安政元年（一八五四年）の生れで三十六歳。幼顔のため、実際の歳よりは若そうに見える。幕末期はまだ十歳そこそこであり、一角の志士として活躍できる歳ではない。だが、明治になって陸軍に入り、十年（一八七七年）の西南の役に従軍した。鹿児島、宮崎と転戦している。

この戦闘で津田は鉄砲弾を手に受け、戦場から離れた。長崎で治療を受けて再び戦線に復帰し、西郷軍が滅んだ鹿児島城山の戦いの包囲戦にも参加。その功績から勲章も受けている。その後、三重県警察を経て、滋賀県警の邏卒となった。

「何、下谷の生れだと。儂も下谷三味線堀の松前藩邸で生れた。奇遇じゃのう。……かつて京にいたことがあったので、久方ぶりにこの地を再訪しているところだ。それに君のご出身は藤堂藩か。昔の仲間うちに藤堂藩出身の者がいて仲良くしていたが……」

「松前藩出身の剣客で京都にいたとなれば、新選組幹部の永倉新八殿しか思い出せません。しかも、あの小手打ちは神道無念流と見ました。御手前は永倉殿ではありませんか」

新八は名乗るのをはばかったが、嘘はつけない。話が深まれば、いずれ分かることだ。

「いかにも、儂の元の名は永倉新八じゃった。……この地で芸妓に産ませた娘がおってな、それを捜しにまいったのじゃ」

四

「そうでしたか。新選組の剣客にここで偶然お会いできるとは夢のようです」

津田はそう言いながら、それほどの驚きは見せなかった。

東京、関西間に鉄道が通ったことで、政府の中枢にいる薩長の元藩士たちが、かつて剣を抜いて生死を賭けた場である京都を懐かしがって再訪することがあると聞いていた。在野にある元幕府側の人間が同じように京都に来てもおかしくないと思ったのだ。

「ところで、藤堂藩出のお仲間というのは藤堂平助殿ではありませんか。われわれ藩にかかわる者の間では、その剣名は知られております」

「いかにもそうだ。藤堂平助だ。仲良くしていたが、不幸な事件で落命してしまった」

新八は声を低めた。

「ほう、そうでしたか。新選組は京表で、さまざまな戦いを繰り広げたと聞いております」

津田は通り一遍の返事をするだけ。藤堂が亡くなった油小路の決闘については承知していないようだった。

「永倉殿であるなら尚のこと。ご支援を給わりやすい」

「……どういうことだ」

「今日の日乃本は、文明開化の名のもとに薩長政府によって必要以上に西欧諸国に頼る方策が取られ、天照大神以来の皇祖皇宗の輝かしき伝統が汚されている。そのように思いませぬか、永倉殿。幕末に新選組も掲げていたとされる尊王攘夷の志《こころざし》は今の政府には、微塵も見えません」

確かに、薩長の新政府は文明開化を急いでいる。長州出身の伊藤博文や山県有朋、薩摩出身の黒田清隆、松方正義らが主導する政府は急激な西洋化を進め、内閣制度を創設し、ドイツやフランスのものを手本にして法律も整備した。

それはそれで結構なのだが、津田らが怒っているのは薩長が進めていた明治十年代後半以降の西洋の物真似、鹿鳴館を舞台にしたダンス外交、媚態外交だった。

幕末に結んだ西洋列国との修好通商条約には関税自主権がない、外国人犯罪者への司法権がない、つまり治外法権を認めているといった不平等条項があった。不平等解消のため、イギリス帰りの長州出身外相井上馨や、スイスに留学していた薩摩出身の軍人大山巖らが日比谷に鹿鳴館という西洋館を造り、西洋人の着飾った男女を招いて舞踏会を開いた。

ここには、会津藩出身で、幼い時に米国留学も経験している大山捨松も、夫の巌とともにホスト役で出て、本場仕込みの社交ダンスを見せている。

捨松は旧姓山川咲子、父親は会津藩家老で、兄たちは幕末の会津若松城籠城戦で活躍した山川浩、健次郎兄弟だ。咲子本人もまだ十歳前の幼さながらも、戦闘中の城内に入って負傷者の手当てや炊き出しなどに活躍した。

それがどうしたわけか、かつて砲兵隊を率いて会津城攻めに参加した宿敵の薩摩藩士に見初められ、結婚した。その藩士こそ大山巖。西郷隆盛に兄事していた大山は旧藩籍にこだわらない太っ腹のところがあった。

井上や大山らには「日本でもこんなきらびやかな舞踏会が開ける、西洋に劣らない文明国なのだぞ。もはや対等なのだから、不平等条約もなくしてほしい」と主張する狙いがあった。

だが、津田三蔵らはこうした光景を苦々しく見ていた。「いまだ農村や地方には貧しい民があふれているのに、西洋の猿真似とは何事だ。所詮、上っ面だけのことではないか」という思いが募っていった。

「それで、儂にどうしろと言うのだ」

新八は、欧米媚態嫌いの津田の気持ちが察せられたが、では具体的に何をしたいのかが分からない。

新八の怪訝な顔を見て、津田は一段と真顔になった。

「私らは近く攘夷を決行するつもりです。幕末にはできなかった真の攘夷です。薩長政府の愚かな役人どもに警鐘を鳴らすためにも、この日乃本にいる毛人どもに断固一撃を加えたい。そのために、腕の立つ同志が欲しい。永倉殿の名声と力をお貸しいただけないか」

振り返れば、そもそも浪士隊が京に上り、新選組を結成したのは、攘夷を行って天主さま（孝明天皇）や将軍（徳川家十四代家茂）の御心を安んじ、その御身を守るという考えに基づいた行動だった。だから、新八にとっても関わりのない言葉ではない。

明治に入り、西欧を範とした文明開化は着実に進んでいる。今さら攘夷決行なんてできるのか。唐突な申し出に新八は答えようがなかった。

「尊王攘夷をどう考えるか」とか「昨今の時局をどうとらえるか」などという政治の世界から離れてもう二十年も経過している。遠い昔の話なのだ。

半ば唖然とする新八に津田は続けた。

「私には同志がいます。ぜひ永倉さんを紹介したい。新選組で一、二を争う剣客が加盟するとなれば、皆喜ぶに相違ありません」

津田の言葉遣いも「永倉殿」から「永倉さん」と変わり、馴れ馴れしくなった。早くも、新八が加盟するものと思い込んでいる。

「持たれよ、津田君。儂はまだ貴公の仲間に加わるとは言っておらん」

「それは承知しております。ただ、一度、我が仲間を紹介しますので、ぜひ」

津田の目は真剣だったので、新八は断れなかった。

「西本願寺の太鼓楼宿坊にいる」と告げると、津田は「では、後日連絡いたします」と言い、再会を期して別れた。

五

新八は再び一力茶屋の信江女将を訪ねた。

「芸妓の小百合を存じておるか」と問うと、近くでまだ芸妓をしていることを告げられた。

小百合は近くの置屋にいた。薄紫色の普段着を着ていて、まだ寝起き後間もない感じだった。歳は四十歳前であろうが、見た目は若々しく、男を引き付ける色気を漂わせている。

小百合にとって、新八はなじみのない顔だった。新選組が祇園に出入りした華やかな時代には、まだ座敷に出られない歳だったからか。

ただ、新八が磯の消息を話すと、「小駒姉さんから、新選組の永倉はんのこと、小磯ちゃんのことも聞いてはります」と話した。

「御一新から間もなく、私がまだ半玉のころで、小駒姉さんのところで修業しておりました。ですから、小磯ちゃんがなくなったのは本当に残念どす」

「やはり磯は死んでおるのか。誠か」

新八は小百合から念押しされる言葉を聞いて絶望感に陥った。目眩を感じるほどだった。

「はい、はやり風邪で亡《の》うなりましたとか」

「どこかに墓があるのか」

「はい、あります。……ですが、」

小百合はそう言いながら、少し言いよどんだ。何か隠しているふうであった。

（新政府にとっては敵であり、嫌われ者の新選組の関係者に真実を話したくないのではないか）と新八は推量した。

「正直に言ってくれ。御一新からすでに二十年以上が経った。もう儂は薩長に追われる立場でない。娘に苦労させたが、もう危害が及ぶこともなかろう。儂は娘にもう一度、もう一度会って詫びたいのだ」

小百合はためらっていたが、しばらくして意を決したように話しだした。小磯の実の父親がわざわざ東京から訪ねてきたのだから、話さなければ申し訳ないという気持ちが湧いてきたのだ。

「では、私が知っていることだけを正直に申します。小磯ちゃんは本当に死んではると思います」

「………」

「御一新の後、実は、小駒さんは小磯ちゃんのほかにもう一人の女児を引き取ってます。小常さんのお仲間の娘で、最初は小駒さんが面倒みてはりましたが、ご本人は忙しい身ですから、貞さんのところに置かれたようどす」

新八は、小常の仲間と聞いてすぐにぴんと来た。藤堂平助が死ぬ間際に、「胡蝶。娘を……」と言い残したのを今でもはっきり記憶している。

（その娘は恐らく藤堂平助の娘ではないのか。あるいは、先ほど鹿ケ谷で会った娘はひょっとして平助の娘かも知れない）

だが半面、強い思い込みだとも感じ、無言で首を振った。

「お貞さんは磯ら二人のもらい子を面倒見たのか」

「いや、最初は自分の子もいましたから、三人ですやろ」

「なるほど、……それで」

「小駒姉さんが亡うなってから、貞さんは、小磯ちゃんでないもう一人の預かった娘の方を東山にあるご自分の実家に移し、ご自分の母親に面倒見てもらいはってましたんや。祇園では小磯ちゃんと実の娘の二人を育てていたのですが、一人をはやり風邪で亡くしてしまったようどす。将来、二人ともここで芸妓にするんやと言い張っていたんやけど」

「で、亡くなったのは磯の方ですか、それとも貞さんの実の娘ですか。御存知であろう」

「いや、二人のどちらかは、私もよう知りませんのや。貞さんに聞いてもあまり詳しいことは言わはらないし。ただ、のちに亡くなったのは小磯ちゃんだと聞きました」

「それでは、祇園に残された実子の方はその後どうされたのか」

「実子は伊都さんという名で、娘になった時分にここからいなくなってしまったんどす」

「どこに行ったのです」

「なんでも娘はいずれ東京に連れて行かねばならんとかで、どなたか人手に託したとか。そないなことを言うてはりました」

「東京に？　それはどういう意味か」

「私にはよう分からしません。詳しい事情は聞いておりませんので」

「そうか。人手に託し、いなくなったとは。託した人はどんな人か思い出してもらえまいか」
「それしか分かりまへんのや。私は貞さんからそれ以上のことは聞いておりませ
ん」
「娘さんがいなくなったのは何歳ごろでしたか」
「そう、十五歳ぐらいの時ではないかと。禿から半玉になってもおかしくない年
頃どすな」
貞さんのところにいた娘一人は間違いなく十歳過ぎまで、祇園で生活していた
のだ。貞さんが『娘を東京に連れて行くように』と言って託したのはいかなる所
存か。そしてその相手が誰なのかも皆目分からない。
磯の消息はここでぷっつり途切れた。
新八は散切り頭を掻きむしって切歯扼腕した。
ただ、貞さんは「この子はいずれ江戸に連れて行かねばならん」と話していた
としたら、娘は実の娘の伊都さんでなく、磯の可能性が高い。だが、鹿ケ谷の娘
吉は「小磯ちゃんは死んだ」と告げたし、小百合もそう聞いていると言っている。
どちらが本当のことなのか。
だが、だれがなんと言おうと、まだ磯は生きている。きっと今でもどこかで生

きているに違いない。

（ひょっとして託されただれかが東京に連れて行ったのではないか。あるいは灯台下暗しで、自分がいた東京に移って、生活しているのかも知れない）

と、新八は我田引水の解釈をするしかなかった。

でもそうであったら、戊辰戦争前夜、自分が貞さんに託したように、磯は最初にいとこの嘉一郎のところに連れて行かれたであろう。嘉一郎宅から我が方にも知らせがないところを見ると、東京には来ていないということだろうとも思った。

考えは錯綜する。

「分かり申した。小百合殿。貞さんが娘を託した方の何か手掛かりでも思い出されたら、どうか儂に伝えてほしい。西本願寺の宿坊にいる。儂がいなかったら、太鼓楼にいる寺男、島田魁という男に話してほしい」

「承知いたしました。私も周りの人にも今一度聞いてみます。手掛かりがあれば、ご連絡申します」

新八はほとんど落胆して西本願寺の島田魁の宿坊に戻った。今晩は眠れない夜になりそうだ。

六

「杉村さま。客人が見えていますよ」

京都滞在三日目の早朝、永倉新八は西本願寺近くの宿屋にいて、そこの主人にたたき起こされた。

新八は西本願寺の宿坊に二晩泊まり、近くの旅館に移った。西本願寺には、新選組が屯所にしていた当時の僧がまだ残っており、島田魁を訪ねてきた老人が元新選組隊士ではないかと気づき始めたからだ。

この寺の僧たちはもともと長州贔屓で、新選組に好感を持っていない。いや、むしろ反発心の方が強かったかも知れない。

「西本願寺は長州とつながっている」として、新選組は僧たちに何かと嫌がらせをしたからだ。実は、西本願寺を屯所にしたこと自体、嫌がらせの意図が含まれていた。境内で大砲の試射をしたり、食用のために豚を放し飼いにしたりしていたのを、僧たちは不快そうに見ていた。

新八は、今おとなしく寺男をしている島田魁に迷惑がかかってはならないよう太鼓楼を離れた。でも、島田と連絡が取りやすいように門前の旅館、「尾張屋」を京の宿とした。

そこに偉丈夫な元武家風の男三人が訪ねてきた。この旅館にいることは島田から聞いたのであろう。

玄関に顔を出すと、一人は見知った顔だった。二日目に鹿ケ谷を訪ねた帰り、サーベルで仕掛けてきた男だった。

「津田君とか言ったか。……何の用か」

「杉村さま。早朝から相済みませぬ。仲間を紹介しようと思い、連れてまいりました」

旅館への配慮からか、津田は永倉さんとは言わず、杉村さまと言った。

玄関に立ったのは、津田のほか、三十歳を超えたと見られる二人の男。一人は壮士風で、黒地の羽織、仙台平の袴を履いていた。髪も長く、ひげ面でもあった。

もう一人の男は壮士然の男と正反対に文明開化にふさわしい洋装だった。珍しくも茶系の三つ揃いの背広を着こなしていた。

津田はこの日は邏卒の恰好でなく、厚手の単衣で着流し姿だった。

「勝手に連れてきてしまい、申し訳ありません」

「そうか。では、部屋に上がって話をするか」

「いや、杉村さま、ここではまずいですから、静かなところに参りましょう」

要は、他人に聞かれたくないことを話したいということであろうと察しが付いた。

「相分かった。では、しばらく待たれよ」

新八は着替えてから、三人を外に連れ出した。

津田らを誘った先は、なんと伊東甲子太郎の殉難碑がある本光寺だった。伊東が落命したところでもあり、御一新後、殉難碑が建てられた。朝敵新選組と戦った討幕側の烈士の扱いになっているのだ。

ここの桜は陽光を受けやすいところにあるためか、すでに満開に近い。その花の上の青空の中に藤堂平助の顔が浮かんだ。斬られたあとの苦渋の顔だった。

「津田君、この寺がどういう寺が承知しているか」

「いや、分かりません」

「そうか、分からなければそれで良い。ただな、儂にとってこの場所は忘れがたい場所なのだ」

新八はそう言ったが、具体的にどういう場所だったかは触れなかった。言いたくもなかった。

(若い奴らには分からなくてもいい。あれは、幕末の騒乱の時だったのだから)

と独り思うだけだ。

寺の境内は早朝故、人気もない。境内の四阿《あずまや》に新八を囲んで三人が座った。

「津田君から先生のことを聞きました。私は前田源之助と申します。まだ子供の時分でしたが、新選組のことは聞いておりましたし、強く印象に残っています。何を隠しましょう、実は私は長州萩の郷村の出身ですから」

羽織袴の無精ひげの男が切り出した。杉村が永倉新八であることはとうに話されているようだ。

「なんと、そうかね。君は長州藩の出身でしたか。……昔はよく長州人と剣を交えたな。でも、今は何のわだかまりもない。実はな、ここに来る前は北海道にいて、樺戸集治監という監獄に奉職しておった。看守に剣術を教えるためだ。看守の中には長州人もいたし、囚人の中にも長州がいた。確か、萩の乱で捕まった者だった」

「え、萩の決起に加わった者がいましたか。……実は私も前原軍に加わり、政府軍と戦いました。まだ十代の年頃でしたが……」

萩の乱とは、松下村塾にも学んだ元長州藩士前原一誠が首領となって起こした反政府の戦さだ。国民皆兵の徴兵制度の導入で武家の存在が否定されたことに怒った士族の反乱と言われている。

「そうであったか。よく捕まらないでいたね」

「捕まりましたが、政府軍も子供は見逃してくれたのです。大人の誘いで仲間に入っただけと思ったのでしょうか」

「で、乱が鎮圧されたあと、君はどうしていたのか。長州には居づらかったであろう」

「そうです。で、私は大阪に出て泊園書院に入塾、そこで世の中の物の流れについて学びました。そのまま堂島に住み、相場師になったのです。杉村殿はご存知かどうか分かりませんが、米とか絹とかは時々の需要によって値段が動く物品です。それで、先を見越して事前に売ったり買ったりするのが相場師です。実際の売買価格がその見越した額より下回っていれば、こちらの儲けになるし、上回っていれば損をする。そういう商いです」

前田は得意気に話した。

（壮士然としているが、その実、商売人だったのか）

見た目の恰好とやっていることの開きの大きさに、新八は驚いた。

「それで儲けたのかね」

「儲けることは儲けましたよ。ただ、金を貯めても虚しい。武家の心意気が遠退いてしまうからです。萩の決起は何だったかとずっと思い続けています。ですから、今でも憂国の情は変わりません。この神州日乃本が異国の者どもに汚されてはならないということです。私は幕末の志士たちが持っていた攘夷の心は間違っていなかったと今でも思っています。伊藤博文や井上馨は欧米の魔下に成り下がってしまいました」

前田は、ただの商人かと見られるのを打ち消すように、同郷の先輩をけなしながら、武家としての熱い思いを吐露した。

そして、もう一人の背広姿の男が話し始めた。

「お初に目にかかります。私は大河内多聞と言って、実は土佐出身です。津田の仲間に、新選組と争った長州と土佐の出身者がいたとは杉村さまも驚かれたことかと思われます。でも、これも何かのご縁でしょう」

「そうか君は土佐者か。……土佐人ともよく剣を交えたな」

新八はそういったあと、一息入れて突然思い出したように幕末のある事件の話に切り替えた。

「でも断っておくが、坂本龍馬を斬ったのは新選組ではないぞ。これだけは断っておく。巷では新選組がやったに違いないとの噂もあるようだが……。坂本は最後に幕府の力を認め、公武合体を言い始めたのだ。新選組もばかではない、ちゃんと時局を見ていた。実力で幕府を倒すことなど考えていなかった坂本を利用することはあっても、斬るわけがない」

「それは承知しております。でも、時局が読めない幕府の慮外者がやったことには間違いないでしょう」

坂本龍馬を斬ったのは、新選組と同じように当時京都の治安を担当していた京都見廻組の連中だと言われている。新八もよく知っている佐々木只三郎、今井信郎ら幕臣旗本、御家人出身の江戸武士たちが河原町近江屋にいた坂本と中岡慎太郎を襲ったのだった。

新八も当時、そのことは聞いている。

大河内も武家の出ではあるが、脱藩者の坂本龍馬が斬殺されたなどというのは、まだ幼少のころで実感はない。当時は高知城下におり、土佐を離れたのは明治の御一新後しばらくしてからのことだ。

七

「それはそれとして、お主は何をされている御仁か」

「私は、大阪に出て読売（瓦版）の手伝いをしていましたが、その後、土佐出身の板垣退助先生の自由民権運動に触発され、その運動のお手伝いをしてまいりました」

「ほう、板垣退助か」

　板垣退助は、戊辰の役で会津城包囲戦の指揮を執った男だ。新八は会津城に入ろうと現地まで行ったが、考えを変えてすぐに会津を離れたので、当時、敵将がだれかなど知る由もなかった。御一新後、戊辰の役の事情が徐々に分かってきて、板垣が総大将として会津に来ていたことを知った。

　板垣は、会津城落城の功績が認められて参議に列せられ、新政府の中枢にいた。だが、明治六年（一八七三年）の御所内会議で西郷隆盛とともに征韓論、朝鮮への派兵を主張。大久保利通、岩倉具視らの反対を受けて、その論が通らないと分かると参議を辞した。

征韓論を主張して同じく下野した土佐の後藤象二郎、佐賀の江藤新平、副島種臣らとともに愛国公党という政治結社を作り、民撰議院設立に動きだした。

征韓論下野組の一方はその後、地元に戻って武力決起する者も出てきた。江藤新平の佐賀の乱、前原一誠の萩の乱、西郷隆盛の西南の役などだ。

これらの決起が不首尾に終わると、多くの武士は力ずくで政府を倒すのは虚しいことと理解し、以後は言論をもって国民を煽動し、政治的な力を結集させる立場を取った。それが自由民権運動だ。

「私は、大阪で細々と商人たちの下世話な噂話を詰め込んだ瓦版を発行し、それで生計《たつき》を立てる傍ら、板垣先生率いる自由党という政党作りのお手伝いをして参りました。先生はご立派な方です。戊辰の役では一軍の将となり、新政府の重役に就きながらも、まったく威張ることはなかった」

自由党は、板垣が愛国公党のあと作った政党だ。板垣、大隈重信ら旧参議は、西洋の制度を模倣する本格的な政党作りを始めていた。

津田が前田源之助や大河内多聞と知り合ったのも、ある自由民権弁士の立ち合い演説会の場であった。

「そうであったか」

「伊藤博文ら薩長の藩閥政治家も帝国議会を作らざるを得なくなったのは、自由民権運動があったればこそですから、それはそれでわれわれも満足しています。ただ、幕末に結ばれた不平等条約はいまだ改正されていない。改正要求しても、諸外国が言うことを聞かないのです。実にけしからんこと。そこで、われわれが先陣を切って攘夷の実を挙げ、欧米列強を脅して、再考を促さなければならないと思うのです」

津田はそう言いながら、条約改正ができない故に日本人の悲劇となった五年前の明治十九年（一八八六年）十月に起きたノルマントン号事件の例を挙げた。

イギリス船籍の貨物船「ノルマントン号」が和歌山県沖合で座礁したが、この時英国人船長は英国人、ドイツ人ら西洋人船員二十六人を救命ボートに乗せ助けたが、日本人乗客二十五人には見向きもせず、船に残した。

西洋人の救命ボートは漂流しているところを地元漁民に発見され、全員救助されたが、船に残された日本人はすべて溺死した。本来なら船長は罪に問われるところだ。だが、イギリス側は治外法権を盾に取って「裁判権は我が方にある」と主張、神戸駐在のイギリス領事が「海難審判」を主宰し、船長ら逃げた乗組員を全員無罪にした。死んだ乗客への賠償金は支払われなかった。

この事件経緯を見る限り、井上馨外相ら薩長政府が鹿鳴館で華々しく舞踏会を開き、明治国家の先進的な状況を西洋人に知らしめ、治外法権をなくす雰囲気作りを図ったものの、結局、何の効果もなかったことを改めて世間に周知されてしまった。

「沈みゆく船に残された日本人は、ボートで去っていく乗組員の連中を眺めて、いかなる思いであったか。非情さを呪ったことであろう。異国ならともかく、和歌山沖、日本の海の話ではないか。同胞としては怒りで煮えたぎる思いだ」

津田は当時のことを振り返って唇を噛んだ。

「鹿鳴館の舞踏会で機嫌を取ったのに効果なしとは何事かと、大衆新聞、読売なども井上らの媚態外交を激しく批判した。維新が成っても、日乃本は依然西洋の圧政下にある。だから、今こそ真の攘夷が必要なのです」

大河内も声を震わせた。

演説会の自由民権弁士は、日本の政治制度の不備を指摘するばかりでなく、「西洋人が我が物顔でわが神州を踏み歩き、物価を釣り上げて人民を虐げようとしている」と訴えて、聴衆の喝采を受けていた。三人は大阪でのそういう煽動演説の刺激を受けて同志となったが、もともと心の中に深く抱いていた思いであった。

自由民権運動の勃興の影響もあって、政治制度は出来上がっていった。明治二十二年（一八八九年）に大日本帝国憲法（明治憲法）が発布され、それに基づいて翌二十三年（一八九〇年）十一月に第一回の帝国議会が開かれている。新八が京都に来たのはこの翌年のことだ。

殿様がすべてを差配する幕藩体制下で年少期を過ごしてきた新八には、議会などという組織の中身も役割もおよそ理解できなかったが、（これも文明開化、時代の進歩の一里程なんだろう）とは思った。

「君らの素性と主張はだいたい分かった。それで、仲間を募って何をやりたいというのだ」

すると、大河内が続けた。

「本心を言えば、西洋の物真似をした鹿鳴館などを焼き払いたいのですが、鹿鳴館はすでに宮内省に払い下げられていて、今では外国人を招いての舞踏会はなくなっています。さりながら、そのほかの場所では相変わらず西洋人を呼んでの会合は続けられているように聞きます。そうした館に火をかけ、西洋人やその迎合者を葬るか、それとも街中で西洋人を襲うことを考えています」

「随分、物騒な話だな。だが、そういう襲撃ならば、儂の力など借りなくても貴公らで十分できるであろう。儂は、剣は達者だが、火薬を扱ったりするのは苦手じゃでな」

新八は、話を引き出すために関心を持つ素振りをした。

「確かに、大河内君の言った行動だけなら、われわれだけで十分できましょう。問題は旗頭です。統領です。この行動の統領が元新選組の永倉新八殿だとしたら、政府に与える衝撃は大きい。その意味で永倉さんの力が借りたいのです。三人でその考えにまとまりました」

津田が一段と大きな声を上げて新八に迫った。確かに、外国人襲撃があったとして、その首謀者が一介の邏卒、相場師、民権活動家であるよりは、元新選組二番隊長である方が世間に与える衝撃は違ってくる。

新八は（この歳で今さら、政論を吐き、壮士になって実際の行動に走るなどとてもできない）と思いながらも、三人の熱い言葉に敢えて反対も疑問の声も挟まなかった。自分も若いころに、こういう政論を吐き、命のやり取りをしてきたのだから。

「貴公らの考えは相分かった。じゃが、今のところ、話は漠としている。もう少し計画を煮詰めてからにしてもらえまいか。儂が協力するかどうかはその後に決めようぞ。もうしばらく京におるつもりだ。他言はしない」

新八はそう言って三人との話を打ち切った。

八

陽が西に傾きかけた昼下がり、京都四条通り八坂社前の茶店「御多幸」で若い女性二人が落ち合い、茶を飲んでいた。

「姉様、お久しぶり。元気にしてはった」

「何とか、頑張ってるよ。吉も元気そうやね。京都の公演は初めてやし、お前とも久しぶりやな。このところ、お母ちゃんの墓参りもようできんかったから、ほんに申し訳ないことに」

「かまへん、かまへん。元気でいることが一番やから、草葉の陰でお母ちゃんも喜んでいるやろ、姉様が活躍して」

「今、北座でやっている芝居、吉も友人誘って見に来てな。切符あげとくよってに」

芝居は赤穂浪士をめぐる女たちの物語。浪士を愛した武家娘や妓女の切ない別れの話だった。

「おおきに。ほなら、見に行かせてもらいますわ」

求肥を食べながら煎茶を飲んでいる一人は、先日、新八が訪ねて行った鹿ケ谷のお貞宅にいた女性、岡田吉。もう一人、ほうじ茶だけを飲んでいるのは、近くの芝居小屋「北座」で公演中の大阪道頓堀尾上梅昇一座の看板女優、尾上小亀だ。

小亀は吉の義理の姉、つまり岡田貞子の長女伊都である。

「あんなあ、伊都姉様。驚いたらあかんよ。この間、鹿ケ谷の家に、妙な老人が訪ねてきたんよ。その人、お母ちゃんが芸妓さんから引き取ったあとすぐに亡くなったという磯さんの父親と言うねん。杉村義衛とか名乗ってはったわ」

「そうかあ、小磯ちゃんのなあ」

「それでな、杉村さんは今、西本願寺の宿坊にいはるそうや。お母ちゃんの墓も磯さんの墓も同じところにあるのやから、姉様がお母ちゃんの墓参りするのやったら、その杉村さんも誘って一緒に墓参りしてもろたらどないやろか」

「それはいい考えやわ。私も昔、お母ちゃんから、祇園で姉妹同然に育った小磯ちゃんのこと、忘れたらあかんよと言われとったからね。その方が本当に小磯ちゃんのお父さんやったら、墓参りしたいやろうしね。私もしばらく一緒にいたから、関係ないこともないわ。同行したいわ」

「そうやろ」

「でもな、今芝居で忙しいのや。墓参りは北座の公演が幕になったあとでやね」

「分かった。その人、お西さん（西本願寺）の宿坊にいる島田さんという人に連絡すれば、話が伝わると言ってはったから、連絡しとくわ」

吉はそう言って求肥をおいしそうに平らげた。

第四章　西郷隆盛の生存伝説

一

新選組の元二番隊長、永倉新八が京都に着いたのは新暦三月末。そのころ、桜の花は咲き始めであったが、一回り（一週間）たって満開になった。もう一回りすれば、葉桜に変わってしまうのだろう。季節の廻りは早く、朝晩も春の白い日射しが感じられるようになった。

新八は相変わらず西本願寺前の旅館尾張屋にいた。壬生を歩いたり、祇園を回ったりして娘の消息を訪ね歩いたが、依然つかめないままだった。

もちろん、再度鹿ケ谷の岡田貞子の家も訪ねた。

新八は、吉も他所から引き取られたと聞いたので、吉はひょっとしたら、藤堂平助の遺児ではないのかと推測した。

そこで、吉と会って、「あなたの母親の名は胡蝶という名ではないのか。父親は藤堂平助と聞いていないか」と聞いたが、否定された。

吉はもらい子であると自覚しているが、義母の貞子から岡田の家を守るよう固く言われていたし、自身も岡田家の人間と思い込もうとしていたので、知らないふりをした。事実、胡蝶とか藤堂平助という名は聞いたこともなかった。

ただ、吉は「磯さんの墓参りをするのなら、ご案内します。姉の伊都もご一緒したいと申してました」と新八に告げた。

新八は、後日の墓参りを約束しながらも、虚しく辞去するしかなかった。

その翌朝、旅館で朝餉を食しているときに、また来客があった。滋賀県警邏卒の津田三蔵である。

この日は、彼一人だけだった。少し息を切らして、慌てる素振りだった。

「いかがした？」

新八が尋ねると、津田は声を潜めて、

「いや、杉村様。大変なことが分かりました。……世間が知れば、大騒動が起きそうなことです」と話し出した。

その興奮ぶりが尋常でないと見た新八は急いで朝餉を済ませ、近くの本光寺に誘った。寺の境内の桜の木は満開を過ぎて葉桜になりつつある。

「で、大変なこととは」

「警察署内で噂になっていることです。幕末、永倉新八殿のような幕府方にとっては敵であった薩摩の西郷隆盛ですが、御一新の立役者になり、その後政府に反逆し、西南の役を起こし死んだと言われていますね。私も西南の役に従軍しましたから、因縁ある御仁です。その彼が今も生きているというのです」

「ばかな、そんなことはなかろう。信じられない話だ」

西南の役が終わって、すでに十四年の歳月が流れている。

「いや、永倉様。西郷は城山で死んでいないというのです。西郷は宮崎での戦いに敗れ、薩摩軍の残兵を率い、鹿児島に戻って城山に籠りましたね。私も参加した政府軍の一斉攻撃を受けて大将の西郷も出撃し、銃撃されたので、それで覚悟を決めて首を討たせたと聞いています」

伝えられる話では、西郷は総突撃の途中で足を撃たれて動けなくなり、そこに居座った。傍にいた腹心の別府晋介に「もう、ここいらでよか」と呼びかけ、切腹の形を取り小刀を手にしたが腹には刺さず、首を討たせたと言われている。

津田にとっても西南の役は忘れられない過去の出来事であり、西郷は敵として身近に接した男なのだ。

津田は、西郷が城山で討たれたとされる明治十年（一八七七年）九月の半年前、三月、熊本で戦う西郷軍の背後を突くべく日奈久（八代）に上陸した。直後の戦いで左手に銃弾を受けたため、移送され長崎の病院で手当てを受けた。

その後、十分な回復もないままに再び政府軍の戦線に復帰。最後の城山の戦いにも後方支援部隊の一員として参加している。

「西郷が腹を切った話は儂も聞いている。敵ながら腹の座った立派な男だと思うておる」

新八は西郷の面影を追った。

「ですが、実際はいささか違うようです。西郷は側近の説得に応じて、一斉攻撃の前にひそかに城山を脱出し、阿久根方面に向かったというのです」

西郷の城山脱出説は、西南の役の直後、その余燼《よじん》が冷めやらぬうちから出回っていた。

津田の説明では、盟友の参議大久保一蔵（利通）が城山の西郷にひそかに伝令を遣わした。それは西郷家の家僕の熊吉であると言われ、鹿児島から政府軍に参加し、西郷も顔を知っている軍人も農夫の恰好をして同行したようだ。

大久保の伝言は、「おはんが死ぬのは忍びない。もう日本の表舞台に出ぬ、当分、海外で暮らすっとばいうことで、山を下りたらどげんか」というもので、脱出を説得した。

西郷は城山まで付き従って来てくれた部下の手前、今さら命を惜しむことはできないと思い、拒否した。

だが、部下の多くも西郷脱出を心のどこかに秘めていた。薩摩藩、維新の英傑を今ここで失いたくない、生きていれば今回の蜂起の大義が大御心に通じ、仲間の死が無駄にならないかも知れない、その理由はまちまちだったが……。

そして、大久保の説得に気付いた桐野利秋らの側近らが頑強に脱出を勧めた。

「西郷先生。この場はこらえて、再起をば、期してたもんせ」

西郷は再起という部下の言葉で最後は折れた。重たい足を引きずって熊吉、農民に姿を変えた軍人とともに山を下りた。頬かむりして樵《きこり》の恰好だった。もちろん、武器などは携帯していない。

脱出を認めるのは西郷一人というのが政府側の条件だった。政府軍の防衛線付近では、この脱出を承知していたように、熊吉だけに二言三言質問して三人を通した。

西郷は阿久根に達し、そこから大久保が用意したと見られるサッパ船で沖合に出て、異国の船に乗り換えて海外に向かったという。その異国とは津田にも「分からない」と言うが、恐らくロシアではなかろうかと想像している。

「西南の役から十年以上が経過して、その西郷は日本が恋しくなった。いや、恋しいというより、今の日本の在り様に憤慨し、再び日本を立て直そうとして日本に再上陸するのではないかという噂があるのです」

「ほう、それは面白い話じゃのう」

新八はほとんど信じていない。それで、からかうような話しぶりになった。

「城山の戦いのあと、政府方は西郷の首実検をしたのだろう。城山であれば、西郷の身内も大勢いたであろうし、政府方にはその顔を見知った者も多かろう。首級は、それで確認されたのではないか」

「政府方が確認したということで、多くの者は西郷の死を信じたと思います。だが、いろいろ聞いてみると、西郷の顔は傷ついていて分かりにくかったとか、確認したのは鹿児島に来ていた弟の従道ら身内の者だけで多くの者が見ていなかったとか、というあやふやなところもあったようです」

「なるほど、西郷従道なら他の者を見ても『確かに兄様の首じゃ』くらいのことは言うかも知れんな。いや、大久保の意を受けていてそういう嘘をつくことも考えられる」

「そうなのです、杉村様。ところで……」

津田は話を替えた。

「永倉新八氏でいらしたころ、つまり新選組のころ、西郷と会ったことはありますか」

「それはある。会津藩の本営となっていた京都黒谷の金戒光明寺で見掛けた。その時は、会津と薩摩は手を組んでいたからな。儂らは近藤勇局長の従者として会津中将様に伺候した時、たまさか見掛けた。向こうは覚えておるまいが……。恰幅の良い男で、泰然自若の風。なかなかの人物と見たよ」

「そうでしたか。日本に戻るのではないかというその西郷の件ですが……」

津田は姿勢を正して話し出した。

「西洋文明かぶれの日乃本を立て直すために再上陸するというのなら、大歓迎ですが……。実はそうでなく、彼はロシアに逃げ込んで、かの地で暮らすうちに却って西洋かぶれになったようなのです。間もなく我が国に来訪するというロシア帝国の皇太子に同行し、戻ってくるという話です。西郷が西洋人の露払い、御先棒担ぎをするとしたら驚きですし、そんなことをされたのでは、われわれはなんのために西南の役に従軍したかが分からなくなってしまう」

津田はいささか憤慨しているようだった。

西郷隆盛は維新政府に逆らって西南の役を起こした。すなわち、帝《みかど》に刃を向けた者として、ずっと「逆賊」扱いであった。だが、明治二十二年（一八八九年）の大日本帝国憲法の発布に伴う大赦があり、西郷の逆賊の汚名は解かれた。

汚名消去は西郷の人柄を愛した明治帝の強い後推しがあったからだ。実は、城山の戦いで大久保が最後に西郷の逃亡を考慮したのも、昔からの友というだけでなく、明治帝から「西郷の命を助けよ」との強い要請があったからだと言われている。

西郷は、明治初期の帝の青年期、行幸に同行した折に肝胆相照らす関係となった。帝を強く引き付けてしまうほど魅力ある男なのだ。

だから、今は日本に戻っても罪に問われることはない。しかも、西郷を慕う人々は全国津々浦々に満ち満ちており、彼が戻ってきて文明開化の旗振りをすれば、今の政府にとっても願ってもないことなのだ。

「もし、西郷がロシア皇太子とともに、大手を振って日乃本に帰り、文明開化を宣伝すれば、われわれの攘夷決行は難しくなる。……ここは何としても西郷を葬らなくてはならない」

津田は語気を強めた。

「杉村様、いや新選組の永倉さんにしてみても、旧敵の西郷が戻ってきて世間の表舞台に立つのは面白くないと存じます。いかがですか」

津田は西郷が許せなかったので、新八に鋭く迫った。

西南の役がなければ政府軍の一員として従軍することもなく、左手を負傷し、少し不自由になることもなかった。

いや、それればかりでない。西郷は、維新後見捨てられつつあった武家の最後の砦であった。だが、彼の死で、日乃本中の武家はもう二度と自分たちが表舞台に立つことはないと感じた。結果として、西郷の死で武士の世は引導を渡されたのだ。津田もそう思った。

（それが、城山で死なずに外国に逃れ、あまつさえ、今度は毛人の手先になり下がり、日本に帰って来て文明開化の旗振りをするとは。金輪際、許されるわけはなかろう）

津田の憤りはそこにあった。

津田の心の内は分かった。だが、新八は穏やかに応じる。

「今の儂はすでに隠居の身。今さら薩長憎しでもない。すでに遺恨はない。だから、西郷をどう思うかなどと問われても困る。貴公らの攘夷の志を打ち砕いてしまうつもりはないが……」

二人の会話はここでしばらく途切れた。

「いずれにしても、事実かどうかも分からぬ。しばらく様子を見ようではないか」

沈黙の後、新八がこう切り出して、話は終わった。

境内に子供たちが入ってきて無邪気な声で駆け回り、騒がしさが二人の会話の邪魔になったということもあった。

二

京都四条通りは、東方の果てに八坂大社があるので、人通りが絶えない。

通りに間隔をおいてきちんと植わっている柳は青々として地面を這うようだ。

強めの風になびき、通りの人の顔もなでる。

北座は四条通りの鴨川近くで、前には南座がある。柳のさらさらとした動きがどっしりした北座の赤い看板をさらに際立たせていた。

北座の舞台で今、かかっている公演は大阪の尾上梅昇一座の「赤穂浪士をめぐる女たちの物語」だ。

この公演で準主役を張っている尾上小亀のところに、若い男が訪ねてきた。祇園で生活しているときに知り合い、今は四条大宮の呉服問屋「椎葉屋」の若旦那に納まっている住吉喜三郎だ。

喜三郎は祇園の老舗料理店「三升屋」の倅。家の近くで芸の習い事をしていた小亀、いや伊都とも幼馴染だった。

もちろん、子供のころに男女の仲を意識したわけではなく、兄妹のように身近に接しているうちに、「喜三郎はん」「伊都ちゃん」という呼び方で自然に気持ちを通じ合わせて行った。

稽古の辛さにめげたりしている伊都を見ると、「何、泣いてんのや。がんばり」と慰めてくれ、花見の季節には手を引いて清水寺の境内に連れて行ってくれた。

喜三郎は老舗のぼんぼんを感じさせる甘い端正な顔立ち。その上、何かにつけ親切にしてくれるので、伊都は自然に慕うようになった。

しかし、伊都は自分の身の程をわきまえていた。

芸妓は、将来水揚げという形で身体も商売の道具としなければならないし、金持ちの旦那も持たなくてはならない。所詮、添えぬ身の上と分かっていたので、伊都も喜三郎への熱い気持ちを吹っ切ろうと、表面的にはよそよそしい態度を取っていた。

そして、別れは自然に来た。喜三郎は二十歳近くなって、「椎葉屋」の一人娘の婿候補として養子に入ったのだ。

伊都は落胆したが、これも運命と思い、芸事により一層熱中した。


大阪道頓堀の演劇一座の座長で看板役者の尾上梅昇が贔屓の旦那衆のお供で祇園に遊びに来たのは、それから間もなくだった。

伊都も十五になって、娘から女の身体に変わっていた。

梅昇は舞妓として出てきた伊都の芸、とりわけ体のしなやかさに目を見張った。

「彼女の踊りは、若い割には艶があって素晴らしい。ぜひ親御さんと連絡を取りたい」

梅昇のたっての願いに、後見人になっている祇園の置屋を通して岡田貞子に連絡が行った。

「娘さんはえらく筋がええ。座敷だけに置くのはもったいない。そのくらいの華やかさを持ってはる。芸妓ではなく、芸人にする気はないでっしゃろか」

梅昇は伊都を舞台芸人にするよう強く勧めた。

貞子は、伊都を自分の手許から離すのにはいささかためらいがあった。それは頭の中に昔の情景が浮かび、心のどこかに（娘を勝手にできない）との思いがあったからだ。

だが最後に、（芸妓になるも、芸人になるも、本人の意思次第であろう）と、伊都本人の決断に任せることにした。

その貞子のためらいを見透かすように、梅昇は続けた。

「娘さんがあなたの了解の下、納得さえすれば、一座に引き取ることは可能だということですな。……立派な芸人にしてみせましょうぞ」

梅昇の言葉にはいささか武家の言葉も混じったりした。

事実、西国のある藩の武家の出身だった。武士の商法ならぬ武士の芸人だった。最後は強引な勧誘になった。

自宅に戻った貞子は伊都に、「演劇に興味があるか。大阪の尾上梅昇一座が座員にならないかと誘っているの、どうや」と聞いた。

伊都は、慕っている人でも別れなければならないという芸妓の切なさを思い知っているので、貞子には「行きたい」と前向きな返事をした。

いや、喜三郎との別離だけでなく、伊都は祇園の馴染みの客に連れられて北座、南座に行き、そこで催される演劇を見て、関心を持っていたのだ。だから、大して悩むこともなく、芸妓の道を捨て、演劇で生きる決断をした。

十六になった伊都は祇園を離れ、大阪に赴いた。尾上小亀という舞台名をもらって本格的に演劇技術を習い始めた。狭い場で歌舞音曲を主にする座敷芸と、広い劇場で大きな声を出す必要がある舞台芸とは違う。だが、体全体を使うことに変わりはない。

生来の華やかさを持つ伊都は、もともと芸事の経験があったこともあって、一座の中でもめきめき頭角を表し、上方演芸界の中で注目されるようになっていった。

三

今は呉服問屋「椎葉屋」の若旦那になった住吉喜三郎が伊都と会うのは七年ぶりくらいのことであろうか。

北座の楽屋は狭いので昼休憩の時間を使って、近くの茶屋に入った。四条通りは二人が祇園にいたころから慣れ親しんだところだ。

「久しぶりやのー、伊都ちゃん。元気そうやな。……それに舞妓のころよりずっときれいになった」

喜三郎はためらいがちに久闊を叙す言葉を切り出した。

「喜三郎さんこそ。若旦那ぶりが板についてきた感じがしはりますよ。ともかく、お元気そうで何より。お商売も順調どすか」

小亀は、久しぶりに喜三郎に会った胸の高鳴りを隠すように何気ないふりをして聞いた。

「まああやな。伊都ちゃんが大阪の演劇一座に入ったことは、祇園の小百合さんから聞いたんやが、えらい人気になっとるそうやないか。立派なもんや」

喜三郎と小亀は昔話を肴に時間の隔たりを忘れたように会話を弾ませた。

そんな中でも、小亀は喜三郎の胸の内にわだかまりがあるのを察知した。時折、目を伏せ、ため息をついていたからだ。

「喜三郎さん、さっきから何や変やで。心配事でもあるん違いますの」

喜三郎はちょっと言いよどんだが、昔馴染みという安心感からか、心の内を吐露した。

「実はな、米相場に手を出して、大負けしてしもうたんや。お商売にも差し支えが出るほどの金が飛んでしもうた」

大阪堂島の米会所は江戸時代からあり、日乃本一の米相場が立っていた。江戸期の相場師は豪商のみに限られていたが、明治期に入ると、小金を持った商家の旦那衆がそれに参加するようになった。

椎葉屋の住吉喜三郎もそんな一人だった。儲けも大きいが、損の額も大きい。かなりの危険が伴う博打にも似た投資だ。

小亀も米相場のことは知っていた。

「難儀やねー。でも、そんなん言われても、こちらだってお金ないし、助けようがない」

小亀は喜三郎が金を無心しにきたのかと一瞬思った。

「伊都ちゃんにお金で助けてもらおうなんて、思うてないよ。ただな、ちょっと頼みがあるんや」

喜三郎はそのあとちょっと言いよどんでいたが、しばらくして、

「米相場にはな、伊都ちゃん、いろいろ仕掛けがあるんや。米には豊作も不作もあるやろ。そこで、天候の煽り情報を意図的に流すことで相場を動かすこともあるんや」と続けた。

「煽り情報？」

「そうや、煽り情報を流して米を安値に導き、そこで買いを入れる。あとで高値で売りさばけば、ぎょうさん利ザヤが取れるというもんや」

「ほう、そうなんや」

小亀は贔屓にされている大店《おおだな》の旦那衆から、酒席に呼ばれたときに、相場の話を聞いていたが、煽り情報の流布なんて仕組みがあるとは思いもよらなかった。

「それでな、伊都ちゃんにちょっと頼みがあるんや。伊都ちゃんも芸人なら贔屓筋の旦那衆がおるやろ。その旦那衆の中には相場に手を出しているもんもぎょうさんおると思う。その旦那衆に、近い将来の天候の分かる人から聞いた話やと言

って、今年は天候が順調で米が大豊作になるということを暗に匂わせて欲しいんや」

芸人は金持ちの旦那衆を後見人としている。つまり、旦那衆は、贔屓の芸人の収入を安定させるため、舞台の切符を大量に購入し、関係者に配ったりして商売に役立てている。

そのお礼に、芸人は旦那衆の宴席に付き合わされることがある。小亀は大阪の人気者だから、旦那衆と顔見知りで、そういう機会が何度もあるだろうと、喜三郎は考えていた。

「大豊作となると予想すれば、のちのち値段が下がるので、米を抱えている仲買人は米切符を放出するし、今年の先物の権利を買った人も転売する可能性がある。そういう売りが出たなら、儂は米を買い進むのや」

「…………」

小亀には思いがけない話で、返答に窮した。

「ところが、実を言うとな、伊都ちゃん。儂と親しい信頼できるお天気予想屋さんがいるんやが、彼が言うには、今年は逆に天候が不順になって夏は寒い日が続くと言うんや。つまり、今秋、米は不作となり、米の値段は確実に上がる。夏までにわれわれは米を安く買い取るから、のちに値上がった分で大儲けできるという仕掛けさ。どう、伊都ちゃん分かるか、今夏は天候が安定するとの煽り情報を出してくれれば、我々は大儲けできる。成功すればお礼はたっぷりするよ」

（そういう金儲けの方法があるのか）

小亀は喜三郎の奇計に驚いた。はっきりした返事はしなかったが、再三の頼みに首は微かに縦に振っていた。

外ならぬ喜三郎さんの頼みであれば、その程度のことはしてあげてもいいかなとも思った。

四

あと二、三日で小亀の北座の公演が終わるという時分に、吉が楽屋に訪ねてきた。

「先日、自宅に来たお侍のこと。姉様にも伝えてあると思うけど、磯さんの墓参りをしたいと言うてますので、私は一緒に行こうと思ってます。姉様も付きおうてくれますね」

吉は杉村義衛が磯の墓参りをしたがっているということを伝えた。

「そうね。われわれとは一緒にいた小磯ちゃんの実の御父上ですから、私とも関係なくもないもの、私も行きます。……それでいつ行くの」

「姉様の北座公演の打ち上げのあと。千秋楽の次の日でもいいかしら」

「よろしいよ。では予定しとくわ」

「ところで、吉も椎葉屋の住吉喜三郎さん、知っているやろ」

「ええ、姉様と子供のころ、仲良くしてはった三升屋さんのぼんぼんですやろ」

「そうや。先日、喜三郎さんが北座に訪ねてきてな。いろいろ頼まれごとされてしもうたわ」

小亀は独りの胸の内にとどめておくのが恐かったので、吉に漏らした。

「どないなこと」

「それは言えへん。固い約束やからなあ。でも、何かお金儲けにつながることらしい。……それで金儲けできたら、私にもお金回すと言うのや、あんまり信用せんと待っとると言っておいたけど」

「何か危ないことではないやろね、姉様」

「さて、危ないことかどうか……」

小亀は頭の中で、そんな煽る情報を流すことが悪いことかどうか、実際、手が後ろに回ることになるのかどうか、考えた。が、整理はつかなかった。

しばらく沈黙が続いた。吉は小亀が淹れてくれた番茶をすすった。吉も小亀と喜三郎の話に興味を持ったが、それ以上は突っ込んで聞くこともできなかった。

「心配は要らんやろ。第一、気の小さい喜三郎さんのことやから、危ないことはできへんでしょう」

「それなら、いいんやけど……。では、墓参りの件、忘れんといてね。東京から来たお武家様には、姉様の北座の公演が終わる次の日に墓参りをしたいと告げておくわ。杉村様はどうやらお西さん（西本願寺）の向かいの宿屋にいるらしい」

「そうか、頼むわ」

楽屋は騒がしい。二人が話している最中にも、人の出入りがあるし、幕の開け閉めごとの高い拍子木の音が聞こえてきた。

新暦四月の半ばに、岡田貞子の養子となっていた永倉磯の墓参りは実現した。

白川、鹿ケ谷の桜の木は葉桜になって、青々とした葉を広げていた。雪解け水を溜めた琵琶湖の湖水を大量に大阪湾に流すように、白川の流れも勢いを増している。

永倉新八は吉の言う通りに、朝方に西本願寺前の宿屋を出て、鹿ケ谷の岡田宅を訪れた。

「ごめん、吉さんはおるかね。杉村です」

陋屋の玄関先で声をかけると、しばらくして吉とは違う女性が出てきた。白地の単衣に黒の羽織。目鼻立ちの整った顔立ち。薄化粧にもかかわらず、妖艶さも漂わせていた。

「ようお越しになりました。杉村様ですね。杉村様のことは吉から聞いておりました」

新八は、女性の美しさに一瞬目を奪われた。

「こちらも、先般、吉さんが墓参りの期日を知らせに我が宿舎に来た時にあなたのことは聞いておりました。……伊都さんですね」

「はい、岡田伊都です。今は大阪で、尾上小亀という名で舞台芸人をしております」

新八は小亀を一目見て、（あのころの小常に似ている。いや、生き写しではないか）と感じた。わずか、足掛け二年の逢瀬だったが……。

だが、半面、（会いたい一心からの思い過ごしだろう。磯は死んでいるのだ）と自らに言い聞かせるしかなかった。

「母から、聞いておりました。杉村様は幕府方にいらしたお方とか。せっかく娘さんに会いに東京から京都までお越しくだされましたのに、……二十年も前に亡くなってしまっているとは、本当に残念なことをしました。私は磯さんとは幼い時分、一緒におりました」

小亀は磯の幼い時の話や当時の祇園の話などを始めた。ほとんどは小亀自身が覚えていたことではない、母親からの聞きかじりだ。

間もなくして、紺地の着物と羽織で外行きの身なりをした吉が奥から出てきた。庭で摘んだと見られる花と線香を握っていた。

「杉村様、お待たせしました。では、参りましょうか」

小磯の墓は、鹿ケ谷から東山に入った山中の中腹にある小寺だった。岡田宅から歩いて十丁（約千百メートル）程の距離で、山門も庫裏も崩れかけていて、名刹とは思えない寺だった。

墓はその一角の鬱蒼と木々に囲まれた低い地所にあった。

削りのない丸石には「岡田家の墓」の文字。だが、後ろにある墓誌には、貞子、その夫とともに、「永倉磯、明治四年五月三十日死去、享年五歳」と書かれてあった。

新八は、「永倉」の字を見て娘の死を信じざるを得なかった。そして、その小さく刻まれた文字を撫でた。

「苦労をかけたな、磯。不動村で別れたあとに、程なくお前も天上の母上の許に行ってしまったのか……」

そう言うと、涙があふれてきた。

「申し訳ない、まことに申し訳ないことをした。父が傍におったら、まだこの世におったかも知れんのにのう。でも、父も事情があって別れなければならなかったのだ。どうか許してくれ」

新八は小声で語りかけた。

涙が嗚咽《おえつ》に変わった。線香もあげないうちに、新八は泣き崩れてしまった。

「数え五歳では人の世の楽しさ、面白さを何も知らないうちに、のう、磯。母のところに行くには、せめて、大人になってからでも遅くなかったのに」

嗚咽する新八の背中を小亀がさすった。何も言わずに、この老人をいたわるのは自分の義務であるかのように。

「小亀さん、ありがとうな」

新八は小亀の気配りに感謝した。

「伊都さん、吉さん、よく磯の墓をお守りくだすった。本当にかたじけない」

木洩れ日の一条が墓石を照らした。鳥の声も聞こえない、辺りは静寂が包んでいる。

「おまえも父親の来訪を喜んでいるんだな。陽光に包まれて暖かそうだ。のう、そうではないか、磯」

新八は墓に語り掛けながら、自らにも納得させるようにつぶやいた。

五

この墓参りの後に、小亀は大阪に戻った。

尾上梅昇一座による京都北座の公演「赤穂浪士をめぐる女たちの物語」は大成功だった。

小亀は赤穂浪士の一人、岡野金右衛門を慕う町屋の娘を演じ、女心の切なさをにじませた演技は評判を呼んだ。そして、その芸名も広く知られるようになった。

小亀にとって京都が地元だから、本来なら、舞台がはねたら地元の旦那衆と一席、二席と酒席を持ち、贔屓筋になってもらわなくてはならないところだ。京都にもタニマチになってくれそうなお大尽が多い。

だが、大阪公演がすぐに迫っていた。楽屋に花を届けたり、おひねりを持ってきたりする客人には「すぐに京都に戻りますので、その時にまた」と丁重に謝辞を述べ、酒席への招待は断わった。

大阪にも大勢の小亀贔屓筋がいる。公演の演目は京都と同じ「赤穂浪士をめぐる女たちの物語」で、大阪でも観客の入りは良かった。

ただ、木戸札（入場券）は芝居小屋先だけでなく、多くを商家の買い取りに頼っていたので、小亀は毎夜、幕が下りたあとに、商家の旦那衆の酒席にも顔を出し、ご機嫌伺いをしなくてはならなかった。

梅昇一座が世話になっている贔屓筋に堂島の相場師の一団がいた。相場師が指示を出して売り買いを決める元締めだが、一団の中で実際に力を持ち、羽振りを利かしているのは、資金を提供している堂島などの古い商家の旦那衆だ。

ある晩、小亀はその一団の酒席に侍ることになった。

小亀の名と美形は大阪では京都よりははるかに知られているし、贔屓筋も多い。

酒席に呼ばれれば、誰もが小亀に群がって酌を求める。

この日、曽根崎新地の料亭では、堂島にある呉服商の大店「柏屋」の主人善兵衛、金物卸問屋「西門屋」の主人言右衛門が小亀の前に座った。二人の脇にいて話に加わったのが相場師の前田源之助だった。

「きょう芝居見たで、いつ見ても、あでやかでんな、小亀はんは。まあ、一杯どうや」

善兵衛が杯を差し出しながら、切り出した。

「おおきに、でもなー、旦さん、私なー、まだまだ修業が足りてへんと座長に言われてますんや」

「いや、十分や。岡野金右衛門を慕う生娘の演技、泣かせたぜー」

「それは、それは、おおきに」

しばらく舞台の話になったが、小亀が住吉喜三郎の話を思い出した。

「ところで、前田はんは相場師さんでっしゃろ。儲かってますのんか。儲かってるのやったら、私にも儲け話、乗せてくれはらしません」

小亀は前田に向かって巧に大阪弁を使い、微笑みながら酌をした。

小亀は、津田三蔵の仲間である前田源之助とも顔見知りで、以前にも旦那衆との飲み会で話をする機会はあった。武家出身で今でも壮士然とした風貌に好感を持っている。

「儲けなー？　ぼちぼちですよ。……でも、小亀さんも相場に関心があるとはなー」

長州人の前田も大阪弁で応じた。

「当然ありますよ。米相場など何だか博打みたい。半年先の値段を推量して売ったり買ったしはるのでっしゃろ。おもろいと思います」

「相場を張るには、近い将来の天候や社会情勢を読み、それに合わせて売り買いする。大儲けするには当然、自らの予測が当たらなければならんのです」

「その辺のことも知ってます」

「では聞くが、小亀さんは今夏の天候をどう予測する、米の出来具合いをどう読む？」

小亀がこちらから振りたい話を前田から切り出してきたので、びっくりした。専門家でない役者相手だから、半分以上、真面目に聞いている風には見えない。座持ち話にすぎないが、これは喜三郎から言われた話を出す絶好の機会だと小亀は思った。

「それがね、前田はん。先般、二、三カ月先の天気が読めるという予想屋さんと偶然知り合いになったの。面白いこと言うてはったわ」

小亀は前田が関心を持つように思わせぶりに言い方をした。

「ほう、それで何言うたん？」

「私が聞いた話だし、そのお天気屋さんがいい加減かも知れへんので、話半分に聞いてくださいな。彼が言うには、今年大方の予報では、冷たい夏になって不作になると言われているが、実は例年通りの豊作になるという話。豊作で米の値段が下がるから、事前に先物を買い進めると損するぜという話でした。前田さんはどう思いはる？」

「それもありかも。でもなー、小亀さん、そのお天気屋さん。どれほどの根拠を持っているのか、ということやね」

前田でなく、傍で小亀の話を聞いていた善兵衛が口を挟んだ。

日本の気象予報は明治十七年（一八八四年）から始まっている。東京気象台ができ、天気図なるものが書き出されたのが発端。天気は西から変化するということも知られていたので、西の天気を見て二、三日先の天気を予想した。

「夕焼けは翌日良い天気、朝焼けになると雨になりそう」「つばめが低く飛ぶと天候がわるくなる」などは誰でも知っている有名な話だ。

これらの予測はあくまで直近の天気を占うもので、二、三カ月後の天候を占うなどはとても無理な話だった。

ところが、民間には、自然界の動きを丁寧に観察して、そこから二、三カ月先の天候を予測できる天気屋さんがいる。今年は何々の花の開花が遅いとか、花弁の大きさが違うとか、蛙が鳴くのが早い、その声がどうしたなどと自身の経験則に基づいて判断する。これらは先祖から伝承された予測法だ。

天気屋さんには、それぞれ独自に信頼を置く自然の中の着目点がある。その着目事象が多ければ多いほど信頼性が増し、当たる確率が高くなり、得意先の評価も高くなる。その着目点はもちろん個人の秘密で、大金を積まない限り、他人には絶対漏らさない。

「私の知るお天気屋さんは、これまでも自分だけ目を付けているところから数多く半年先の天候を当ててきたと聞きましたんや。彼が豊作になると言わはるなら、私、信じるわ」

予測はすぐに結果として現れる。小亀の言うように過去に何度も予測を当ててきたなら、優秀な天気屋さんなのであろう。そう信用させるに十分な小亀の話っぷりだった。

「ほう、今日は小亀さんから良い話を聞かせてもろうた。じゃ、今夏は天候が安定して、米は安値のままやな」

善兵衛は小亀の話に、満更でもないものと聞いたと、ほくそ笑んだ。

前田は、顔では楽しい余興話を聞いたといった感じを見せていたが、その実、半分真面目に聞いていた。そのため、その天気屋さんとは誰か、どういう予測方法か、もっと詳しく教えろと言わんばかりに小亀に手を替え品を替えして迫ってきた。

小亀は喜三郎が仕組んだ話などと言えるわけがないし、事実、自分が話したことと逆の予想を立てたお天気屋のことも知らないのだ。あくまで言葉を濁しつつ、「でも、信頼できる人よ」などと念押しした。

小亀の舞台慰労会が、いつの間にかぎらぎらした相場の話題に転じていく。前田や柏屋善兵衛らにとってはいささか酔えない酒になってしまった。

六

永倉新八は、西本願寺前の宿屋に腰を据えて、新選組時代に知り合った人たちを再訪していた。

四条通り西の洛外にある壬生の八木源之丞宅は、新選組が設立された当初、屯所を置いていたところで、隊士は家族同様に八木家の人たちと付き合った。

北端を六条通りに接する西本願寺から大宮通りを北上すれば、すぐに四条通りだ。そこを西に向かうと壬生で、寺から十丁（約千百メートル）もない近さだ。

新八が久しぶりに訪れると、源之丞は八十歳近い老境にあったが、いまだ健在で、新八の再訪を喜んだ。

「ほうほう、永倉さん。よくぞ生きておったね。それにお元気そうで、何よりだ」

「源之丞さんこそ。安心しました。……明治の代になったあとも生き残って、訪ねてくる元隊士がおりましょう？」

出された番茶を飲みながら、新八が問うと、

「おります。おります。京にいる島田魁さんはもちろんのこと、近藤芳助さんも来ましたし、隊長格では、斎藤一さんも来ました。伊東甲子太郎さんのところの鈴木三樹三郎さん、篠原泰之進さんも」

源之丞の口からはすらすらと昔の隊員の名が出てきた。

「ほう、斎藤君がね。近藤芳助君も来ましたか」

斎藤一が明治になっても生存していることは新八も知っていた。新選組時代に、沖田総司や新八とともに副長助勤や組長として一隊を率いるとともに、その剣の強さを認められ、一緒に剣術師範も務めていた。

新選組が下総・流山で崩壊したあと、斎藤一は会津藩に走って、会津若松城の防衛戦にも加わった。新選組が会津藩お預かりの存在であったことにこだわったのだ。

若松城落城後は、多くの藩士とともに配流先である下北半島の斗南藩まで同行し、元会津藩士の娘を妻に迎えた。

明治になって警視庁に出仕し、西南戦争では政府軍の一員として、抜刀隊を率いて西郷軍と戦った。幕末は「朝敵」であったが、九州の戦さでは「朝廷側」の人間として、かつては朝廷側だった薩摩軍と戦った。皮肉なめぐり合わせである。

斎藤一の名は新選組崩壊とともに捨て、本名の山口姓に戻って山口二郎と名乗り、さらに警視庁出仕の折に藤田五郎と改名していった。その後は、東京の高等師範で剣術を教えていた。

新選組時代に多くの決闘や喧嘩、謀殺に関与していただけに、維新後を生きるに当たり、血なまぐさい斎藤一の名前ではまずいとの判断があったのだろう。

斎藤の剣術流派は一刀流と言われるが、きちんとした道場で学んだ剣技ではない。左利きであったため、戦いに出る時には刀を良く右腰に差していた。左手の方が自在であり、居合いの刀を抜きやすかったのだ。

その居合いの技は実戦慣れしてすさまじかった。相手が抜刀する前に本身を抜き、横一文字でなぎ、相手の腕や手を斬り落としていた。これだけでも異能な剣士。隊内でもその強さを疑う者はいなかった。

斎藤は新八らとともに近藤が道場主の試衛館の食客だったが、文久三年（一八六三年）、家茂将軍を守るため、大勢で京に向かった幕府徴募の浪士隊には加わっていない。何か不都合があって江戸を離れ、一足先に上方に向かったという話だ。

江戸で不祥事を起こしたからという説もあるが、真偽は分からない。

近藤勇ら試衛館、天然理心流一派とは剣術流派が違うという点で、斎藤も永倉も異端者。だから芹沢鴨や伊東甲子太郎らとの仲は悪くなかった。

二人は新選組内の小隊長幹部として酒席を共にする機会も多かった。だが、新八は斎藤に心を許すほどに親しみを感じていたわけではない。斎藤には、時局を語れる学がなかったし、斎藤の目には一種の殺人を楽しむ、人斬りの狂気が宿っていると新八には感じられたからだ。

新八にとっては、むしろ、近藤芳助の方が懐かしい。幕末の政府軍との戦いの中で、一時行動を共にしたことがあった。

近藤芳助は、元治元年（一八六四年）の池田屋事件のあと、近藤勇が隊士の新規徴募のため江戸に下向した時に、加わった隊士だ。この時、伊東甲子太郎の一派も加盟したが、芳助は伊東派ではない。

近藤芳助は、江戸・市ヶ谷の生れで、近くの試衛館道場に通っていた。近藤という姓であっても天然理心流宗家と関わりはなく、近藤勇局長の姻戚でもないが、試衛館にいたので近藤勇の主流派であることには違いない。

芳助は、鳥羽伏見の戦いを生き延び、江戸に戻り、甲陽鎮撫隊にも参加する。

だが、甲州戦で敗北したあと、近藤勇の新選組を離れ、会津に赴いた。

会津では城方に詰め、旧新選組を集めた斎藤一とともに政府軍と戦った。母成峠の敗戦で城に戻れなくなり、仕方なく米沢に向かった。その道中に偶然、芳賀宜道と一緒にいた永倉新八と出くわし、しばらく行動を共にした。

米沢で、芳助はあくまで北への転戦を主張するが、新八らは江戸に戻ることに固執。意見が割れて別行動となった。

近藤芳助は更なる戦いを望みながらも、土方歳三のようにうまく仙台で榎本武揚の船に乗り、箱館に行くことはできなかった。仙台に向かう途中、政府軍に捕らえられてしまったのだ。

捕虜になった芳助は、政府軍の尋問に普通の幕臣「川村三郎」と名乗り、元新選組隊士とは最後まで言わなかった。実際にいた川村三郎の人となりや生い立ちを知っており、その身代わりになりやすかったのだ。

芳助は最後に幹部級の伍長まで務めたが、それほど顔が知られていないのが幸いした。新選組にいたと白状したら、京時代の行動がいちいち吟味され、場合によっては死罪になることもある。普通の幕臣で通したため、一年ほどで釈放された。

その後は、川村三郎の名で横浜に移り、市会議員、県会議員などを務め、地元の名士になった。大正十一年（一九二二年）まで生を全うしているので、新選組の生き残りの中でも最長命組の一人だ。

源之丞は、生存隊士が訪ねてきた時の様子を詳しく新八に語った。

「それで、永倉さんは今、何をされているのです？」

源之丞は茶菓子を新八に勧めながら、聞いてきた。

源之丞にしてみれば、毎日命のやり取りをしてきた男たちが、御一新のあとに二十年も生き延びたことは奇跡としか思えない。だから、その後どう生きてきたのかは大いに興味があるところだった。

新八は、江戸に戻ったあと旧藩松前藩に帰参し、そのあと偶然鈴木三樹三郎に会って命を狙われたので、結婚して姓を変え、蝦夷地に渡ったことなどを伝えた。

「それがしは、剣術以外に生きるすべは持ちません。五年ほど前まで蝦夷地の監獄で看守相手に剣術を教えていましたが、今は江戸に引き揚げていて、小さな道場を持っています」

徳川の世にどっぷりつかり、文明開化など無縁の感がある源之丞にも分かるように、新八は「蝦夷地」とか「江戸」とかという昔の言葉を使った。

「こちらに来て、島田魁さんには会われましたか」

「ええ、会いました。彼の世話で今、西本願寺の寺前の宿屋にいます」

「ほう、そうでしたか」

七

「実はね、源之丞さん。京でもう一人会いたい者がおるのです。いや、正確に言えば、いたのです」

「それは？」

「実の子供です。島原の芸妓に産ませた娘です。今回、その芸妓に縁ある人を訪ね、消息を聞きました。娘はすでに死んでいるという話なのです。墓も参ってきました」

「ほう。それはご愁傷なことで」

源之丞は新八に子供がいたことは聞いていなかった。

「ですが、……」

新八はそう言ってしばらく言いよどんだ。

「ですが、何ですか」

「それがしは何か吹っ切れないのです。信じたくないのかも知れません」

　新八は、乳母であった岡田貞子の娘や祇園の関係者を訪ねたことに触れた。だが、詳しい話はせず、疑問点があるので、娘の死を納得はしていないことをほのめかした。

「さようでしたか。まだ、確信するまではないと思いますので、心落としなきよう。……あるいは、どこかで生存していて、自分の本当の父親が元新選組隊士の永倉新八であると知れば、元屯所だったこの家に尋ねて来るかも知れませんね。まあ、生きていることを信じて、気長に待つことです。こちらに何か手がかりがもたらされたら、すぐに連絡しますよ」

「かたじけない」

　この時、近くの木で止まっていたウグイスが「ホーホケキョ」と鳴いた。その鳥が移動したために木々がそよそよと揺れ動いて、一瞬濡れ縁や、庭木のつつじの赤い蕾に陽光を投げかけた。

「長閑ですね。隊にいたころは、ウグイスの鳴き声など気にも留めなかったけど。

今ははっきりと聞こえる」

「そうでしょうね。毎日が張り詰めた状態のあの時では、なかなか風流は感じられないでしょうからね」

源之丞はキセルから煙草を取り出して、吸い出した。

「ところで、永倉さん。京にお越しなら、一度、上方各地の剣術道場を回られ、ご指導されてきたら、いかがかな。明治になってもう二十有余年、最近、また剣術が見直されてきたんですわ。新選組の永倉新八と言えば、京、大阪の古手の剣客ならだいだい御存知のはず。こちらに来た路銀の足しになるかも知れまへん」

「ほう、それは願ってもないこと。源之丞さんは、京、大阪でどなたか剣術道場にお知り合いの方はいらっしゃいますか」

「おりますとも」と源之丞は相槌を打って、知り合いだという二、三の道場の名を挙げた。

八木家はもともと壬生で古くからの郷士の家柄。当主である源之丞も剣術にまったく縁がないわけではない。

「かたじけない。大阪も久しぶりだ。体もなまったし、道場でひと汗かくのもいいかも知れません」

それに、大阪に行くなら、ついでに先日知り合ったばかりの尾上小亀の舞台も見てみたい。小亀はどこか小常に似ている。彼女の舞台芸を見たら、島原の宴席で踊っていた小常を偲べるのではないかという思いも新八にはあった。

第五章　堂島の米市場

一

四月半ばの昼下がり、大阪堂島にある呉服商「柏屋」の奥座敷。

四人の男がくつろいだ雰囲気ながら、幾分真剣な目をして茶を飲んでいた。

春の日射しが座敷に連なる縁側にかかって、暖かい。

檜の床柱の脇には、枝ぶりのいい松と、その周りに八重桜をあしらっている生け花。紅梅白梅、水鳥が描かれた襖絵の上の欄間には、龍の透かし彫りが入っている。贅を尽くした造りだ。

奥座敷に陣取ったのは、柏屋の主人善兵衛と金物卸問屋の「西門屋」の言右衛門、そして同じく堂島で古物商「摂州屋」を営む稲盛仁蔵、そして相場師の前田源之助の四人。

稲盛仁蔵は先日の尾上小亀との酒席には、他用があって出なかったが、いつも堂島の米相場で前田差配の下、共同歩調を取る投資家一派の一人だ。四人は今年後半の天候を予想し、米の売り買いの基本的な方向を決めようと集まっていた。真面目な話し合いの場なので、酒は出されていない。酒席はこの会合のあとの楽しみだ。

仁蔵は甘党でもある。茶菓子の落雁をつまんでおいしそうに食べながら、ある天気予想屋から聞いてきた話として、寄り合いの口火を切った。

「今夏は、好天に恵まれず、米の作況は悪くなるという情報が多い。恐らく例年以上に不作になるのではないか。だから、帳合米商いでは大量買いをしておくべきだろう」

帳合米商いとは江戸時代中期からずっと続く米の先物取引のことである。かつて大名たちは、早く金が欲しいので、年貢米を切手化し、収穫がある前に金持ちの商人たちに落札させた。

切手とは一種の期限を決めた手形で、十石（米約一・五トン）単位の証券である。ただし、堂島の取引場での売り買いは百石単位になる。

のちに、この米切手自体が取引されるようにもなった。だから、不作の年に事前に米切手を多く持っていたら儲けとなるし、豊作であれば、逆に損になる。

「実はな、仁蔵さん。われわれはまったく正反対の話を聞いているんや。尾上梅昇一座の女優の小亀をお前さんも知っておるやろ。近ごろ上方で有名やから。……先日、その小亀と酒席を持った時にな、信頼できるあるお天気屋さんからの情報だとして、彼女がちらっとこんなことを漏らしたんや。『世間では今夏の気候は荒れ模様と言う人もいるが、違う、その反対よ』と」

「彼女が仕掛けた話ではない。われわれが話しているところに小亀がたまたま割り込んできて、そう言うんや。彼女にもいろいろな付き合いがあろう。その中にお天気屋がいてもおかしくない。『ちょっとお金儲けしたい』と言った小亀に対し、彼女の熱烈な贔屓筋であるその予想屋は、米相場の話をして、そのあとに『耳よりの情報教えてあげる。長年、動植物を観察してきた儂の目に狂いはない』と言って、天候の見立てを示したそうや。何に目を付けとるか知らんけど、独特の注目点があるんやろな」

善兵衛が言うと、言右衛門も続けた。

天気予想屋は、農作物の相場のためだけにあるのではない。あるいは暑い、寒いが事前に分かれば、売れる着物、売れる食べ物も見通せる。大雪、長雨があれば、交通にも影響するので、多くの人が関心を持っており、それだけに多くの人がその予兆現象を知ろうとした。

「小亀自らが相場に手を出しているわけでなし、何かの狙いをもって煽りの情報をわざわざわれわれに流すわけがない。これは、たまさか聞き知った有力情報かも知れんぞ」

「彼女はその情報源や見極めた〝ぶつ〟を明らかにしたのか」

仁蔵は武家の出身だけに、話しぶりが少し偉そうだ。

「いや、口を割らない。そういう約束だと言うのや。いや、本当に根拠については何も知らへんのかも。予想屋の中では、今年夏の天候は不安定と読む者が多いが、小亀の話では、そのお天気屋さんはずっと当ててきたそうや、信頼できるのではないか」

善兵衛はかなり信じ込んでいる様子だ。

「お天気屋さんが注目するものって、どんなんが考えられますのや」

言右衛門が茶をすすりながら聞くと、善兵衛が口をへの字に曲げて腕を組んだ。

「例えば、蛙の鳴き方がいつもと比べてちょっと違うし、声が低いとか。五月に咲くつつじ、さつきの色の付き具合、大きさが例年とちょっと違うとか……いろいろある。長年見ていれば、相関関係は分かる」

善兵衛が例を挙げると、言右衛門も頷いた。

「実は、動植物ばかりでなく、川の流れ、滝の落ち具合からも分かるそうな」

前田が口を挟む。

「なぜ、川の流れなのか」

「川の流れが少なければ、山は保水していない。となれば、夏に干ばつの恐れがあろう。これなどは至極単純な見極めだ」

三人の話を聞いていた仁蔵が割って入った。

「なるほど。とすると、今年の天候予想は固まってきたな。小亀の知り合いが何に注目したのかは分からんが、いずれにしても今年の天候は安定。今年は大量買いに入らんということか」と核心に迫った。

大阪の商業界は御一新後ずっと、薩摩出身で、大久保利通の盟友である五代友厚の影響下にあった。五代は堂島の米市場を改組して米商会所を創ったり、北浜の株式取引所を開設したりしたほか、当地でさまざまな事業に手を出し、大きな地歩を築いた。

ただ、五代自身は明治十八年（一八八五年）に糖尿病を患い、四十九歳の若さで没している。明治十一（一八七八年）年に大久保利通が暗殺されて以降、伊藤博文、井上馨、山県有朋らの長州閥が台頭、明治二十年代の中央政界は依然長州閥が薩摩の力を圧倒していた。大阪の商業界も五代の死後、長州閥の力が及んできている。

一部の大阪商人は、そういう空気の変化を汲み取り、長州閥系にすり寄った。前田源之助がこの一派の中心になれたのも長州出身でもあったからだ。善兵衛らは、前田自身が長州閥の政治家に通じた人間であるかどうかはともかく、長州の出身であることに重きを置いた。

「それで、前田はん。あなた自身はどう見るんや。業界筋の見方では今夏の天候が悪うなるとの情報が多い。そんな中で、小亀が伝える説もある。短期的には大量買いは必要ないんやなかろうか」

善兵衛が誘い水を入れると、前田は

「そうですなー。儂も小亀の話が妙に気になります。大方が天候悪化と言っているのなら、却って逆張りした方がいいという考えもありますからな。買いは控えた方が良さそうな感じがします。でも、最終判断はまだ。もう少し様子を見て参りましょう。仕手戦を仕掛けてくる者の中には、意図的に人騒がせな情報を流す奴もおる。今夏の天候については儂もいささか調べてみたい」と答えた。

「それにしても」と言って前田は、ぬるめの茶を一気に飲みほしたあと、話題を替えた。

「世の中、驚くことは多いものですよ、皆さん。幕末に京都で人斬り集団として知られた会津藩お預りの新選組はご存知でしょう。……実は、その新選組で幹部だった永倉新八という御仁がまだ生存していて、近ごろ、京都を再訪しているんですよ。私もひょんなことから会いましてね」

「ほう、彼はまだ生きておられたか。もう相当の歳でっしゃろなー」

いささか年上の善兵衛が聞いた。

商家出身の二人は、今は壮年の歳だが、幕末は大坂の町の家塾や寺子屋で学んでいたころの話で、幕末の京の血なまぐさい争いには関わりがない。二人よりさらに若い稲盛は因幡藩の武家の出で、やはり藩内の私塾で学んでいた時期であり、幕末のことなど知る由もない。

「そう五十（歳）はとうに過ぎていましょうな。でも矍鑠《かくしやく》としていましたね。京都に来たのは、新選組時代に芸妓に産ませた娘を捜すためとのことです」

「ほう。それはなかなか興味深い話ですな。それで娘は見つかったのかな」

「いや、私の仲間の話ではまだらしい」

「お仲間とは？」

前田は、どんな機会に永倉新八と知り合ったかについては触れなかった。堂島の旦那方には、自分が尊王攘夷の活動をしていることは明らかにしたくないのだ。

「いやね。京都の友人を通して知り合ったのですが……」

「そんな偉いお方なら、ちょっとお会いして一献傾けたい気もしますな。新選組は幕末、大坂にも出張《でば》ってきていろいろ悪さをしてはります。相撲の関取衆と大立ち回りを演じたり、大坂奉行所の与力を闇討ちしたりと、さまざまな話を父親から聞いております。永倉氏からいろいろ生の話を直に聞けたら、おもろいと思いますわ」

言右衛門は興味深げに前田に振った。

「では、また彼に会うことがありましたら、一度大阪にもお越しください、株仲間が会いたがっていますと伝えておきます」

この日の会合で、前田相場師一派は今夏の帳合米商いへの明確な対応を打ち出せなかったが、方向として「大量買い付けは止めよう」という流れになった。

二

「エイヤー。メン」

剣道防具を着けた一人が叫ぶと、「まだまだ、届かぬ」などという声が返る。

大阪・天王寺の茶臼山下にある堀越神社前の町屋の一角。早朝から、竹刀を激しく打ち合う音が響いていた。

小野派一刀流の牧田玄斎道場だ。

門弟が壁際に着座、師範代と見られる男がその門弟を次々に指名して、相手をする。

門弟十人ほどが代わる代わる打ち込んでも、師範代に軽くあしらわれる。剣の技量には雲泥の差があるようだ。

「柏屋」の奥座敷で前田源之助を囲む商人たちの相場師一党が永倉新八を話題にしていたちょうどそのころ、永倉新八も大阪に来ていた。

壬生の八木源之丞から関西の道場回りを勧められたため、翌々日、早速大阪に赴き、天王寺近くの牧田道場を訪ねて食客となった。

新選組には、幕末に大坂で道場を開いていて、その後に加盟した谷万太郎という元隊士がいた。牧田玄斎はその谷の剣友である。

谷万太郎は種田流槍術の免許皆伝で、剣技も直心流を遣った。新選組で新八の親友だった原田左之助も大阪で彼の弟子となり、槍の腕を磨いてる。

谷は大阪で道場を開いていた時に、京での新選組の高名を聞き、兄三十郎、弟周平とともに三兄弟で同時加盟した。周平は近藤勇の養子にもなっている。ただ、三十郎が隊内で問題を起こし闇討ちされたことで、兄弟二人は身の危険を感じ、新選組を抜けた。

万太郎は維新後、再び大阪に戻り、道場を再開していたが、明治十九年（一八八六年）に逝去している。牧田は道場主仲間であった谷万太郎から、新選組のことをしばしば聞いていた。

新選組には良い印象を持っていないが、名だたる剣客には敬意を表していた。元二番隊隊長の永倉新八は近藤勇や沖田総司とともにその名が知られており、牧田も新八の来訪を歓迎した。

「池田屋でのご活躍はすごかったらしいですな。谷万太郎氏から話を聞いております。貴殿は神道無念流を遣うとのこと。わが方は一刀流ですが、強さに流派は関わりござるまい。どうかここに好きなだけ滞在して、新選組の実戦の技を門弟にご紹介くだされ。お願い申す」

牧田はそう言って新八に道場に長くとどまるよう勧めた。

牧田はあくまで道場剣法。だから、新八の実戦で鍛えられた剣技に興味があった。

一刀流は戦国時代に小野忠明という剣客によって創始された。江戸時代に中西派一刀流、北辰一刀流などさまざまな枝の流派を派生させたが、小野派一刀流はその名が示す通り、忠明正統の流派である。

道場で打ち合っているのは若者ばかり。しかも武家の出身者でなく、商家のぼんぼんが暇つぶしの余技としてやっているような剣術だ。だから、武家出身の師範代にとても太刀打ちできない。

ましてや、御一新の後に生れた、そうした青年たちが新八に挑んでも、相手にならない。実戦剣技の前に道場剣法はほとんど通用しないのだ。

稽古に出る新八は防具を着けずに正対し、打ち込んでくる相手の竹刀の剣先を摺り上げてかわし、その後に軽く踏み込んで相手の小手を打ち、竹刀をたたき落とした。若者は新八の剣捌きに度肝を抜かれた。

その稽古風景を一段高くなっている客人用の席（見所）で、牧田玄斎とともに、眼光鋭く見守っている年若い男がいた。坊主頭ながら、紋付きの羽織、袴を着ていた。

「永倉殿。お疲れでしょう。休まれてはいかが。奥の部屋で一緒に朝餉を取りましょう」

二時間ほどの稽古のあと、牧田が声をかけた。呼び方は現姓の杉村でなく、永倉だった。新八の剣名は永倉姓とともにあると思っている。

全体の稽古も小休止に入った。

新八は、見所にいた男とともに、奥の部屋に入った。

「永倉殿、この御仁は、大阪で活躍している尾上梅昇一座の尾上亀之助さんです。亀之助さんは大阪の神官をされている方の子弟ですが、剣もなかなか遣いますよ」

牧田が見所にいた男を紹介した。

「ほう、そうでしたか。よしなにお付き合いのほどを」

新八は、尾上と聞いてもすぐに尾上小亀との関係にまで気が回らなかった。

「永倉さんら新選組の話は、大阪で今でも語り草になっています。私は当時、幼子でしたが、幕末のころの話は大変興味があります。よろしかったら一度ゆっくりと話をしていただけませんか」

坊主頭が笑顔で愛想を言った。

「われわれ新選組など、薩長支配の今の世の中では悪者扱い以外の何物でもない。当時いかに世のため、人のために働いたとはいえ、今政府にいる彼らにすべてを一刀両断にされてしまっている」

「そう言えば、わが一座の座長、尾上梅昇は肥後熊本の武家出身で、幕末に勤王方で働いたようです。永倉さんとは敵味方の関係にあったように思われますが、今はそんなにわだかまりもないでしょう。ぜひ一度、一座の演芸を見、楽屋を訪ねてきませんか」

新八は演芸と聞いて初めて小亀との関係に思い至った。

「あなたの舞台名は尾上亀之助と聞いたが、尾上小亀さんがいるのはそちらの一座ですか」

「そうです。……小亀をご存じですか」

亀之助は小亀のことを言われてはっとした。

「先日、京都でお会いしました。あちらの方で公演があったみたいですね。娘の墓参りにもお付き合いいただきました」

新八はそう言って、自分が娘を捜しに京都まで来たことや、すでに娘が死んでいたこと、そしてその娘と姉妹同然に育ったのが小亀で、先日一緒に墓参りをしたことなどを順序立てて話した。

「そうでしたか。小亀とはそういう因縁がおありだったんですね。それならば、ぜひ一度、我が一座の方にお越しください」

「実は、小亀さんからも誘われていましてね。先般、京都で会った時に、次は大阪で公演をするので、ぜひ見にいらしてくださいと言われたのです。実は、今回ここに参った目的は、道場回りのほかに、小亀さんの芸が見たかったこともありました」

「そうでしたか。では、よろしかったら、今日のこのあと、私と一緒に参りませんか。小亀も喜ぶと思いますよ」

新八は急な申し出に驚いたが、これ幸いで、断る理由はない。

「では、迷惑でなければ、同道いたしましょう」

新八は尾上亀之助、牧田玄斎とともに朝餉を取った後、難波にある「道頓堀角座」に向かった。もともと大阪に行ったら訪ねようと思っていたので、願ってもない展開になった。

牧田は、新八と亀之助の話を聞いていて、急に「私も同行していいか」と言い始めた。新八と小亀の関係、舞台芸、そして武家出身であり、元勤王方で働いたという座長にも興味を持ったようだった。

三

このころ、滋賀県警邏卒の津田三蔵も大阪に来ていた。前田源之助、大河内多聞と会合を持つためだ。一人は滋賀県、二人は大阪にいるのであれば、中間の京都が会合の場にふさわしいが、京都は今、自由民権運動を抑え込むため、警察の目が厳しい。

そこで、津田はわざわざ大阪まで出張ってきた。

会合の目的は、攘夷実行の具体的計画を進めることだった。

集会の場所は、土佐堀川から南北に掘り進んだ横堀川をしばらく下った信濃橋、北御堂近くの居酒屋「伯楽」であった。

この居酒屋はもう電灯を使っていた。店内は明るく、食卓、椅子のしつらえも洋風な感じであった。ただ、店員はあくまで単衣、前掛けの恰好で、これまでの雰囲気と変わらない。

「どう、津田君、計画はできたかね」

ちょっと年長の前田が聞いた。

「西郷の動きが分からないので、計画が立てにくいのです」

三人は、間もなく来日する予定のロシア皇太子を襲撃しようという線で計画を練っている。ただし、西南の役で生き残り、ロシアに逃亡したと見られる西郷隆盛が皇太子に随行しているという噂がある。それゆえに、状況は読みにくい。

「資金は儂が用意する。間もなく帳合米取引が始まり、この商いで幾分儲けられるだろう。鉄砲くらいは買えるであろう。実は、すでにさる貿易商社に、秘密裏に洋式銃を入手できないかと話をつけてある」

前田の話はかなり具体的であった。

「大河内君、自由民権運動は今、どうなっている。加波山や秩父の騒動で民権派が弾圧されて、もうだいぶ経つが、依然意気消沈したままか。それとも、帝国議会が開設され、もう草の根の運動は必要なくなったのか」

明治十七年（一八八四年）に起きた加波山事件、秩父事件は、民権派が蜂起し、弾圧された事件だ。それ以降、反政府勢力が武力で立ち上がることはほぼ不可能になっている。

「そうです。帝国議会が創設され、政党人も議員となってそちらの方に取り込まれています。我が師板垣退助先生は昨年、いくつかの政党を束ねて立憲自由党という政党を立ち上げ、議会で第一党になったのです。本来ならば、最大勢力の政党で内閣を作ってもいいのですが、薩長が邪魔して、成りません。立憲自由党は今年、議員の一部が長州閥の山県有朋内閣に与したため分裂し、板垣先生は自由党という新党を作っています」

板垣退助は、立憲自由党を作った翌年の明治二十四年（一八九一年）、薩長に対抗して独自に政党内閣を作ろうと自由党を創設し、肥前佐賀出身の大隈重信と連携し、新しい政治結社、民党連合を作った。

新八が京都に娘捜しに訪ねたこの時期、京、大阪でも各所で民権派政党連合の運動を盛り上げるための集会が持たれていた。だが、板垣、大隈の努力も虚しく、政党による内閣の創設はならなかった。

「新聞を見る限り、板垣さんもたいへんなようだね。まだ総理どころか内閣の一員になることも考えられないのであろう」

前田が続けた。

「恐らく、そうでしょう」

大河内は、板垣が議会人になっても依然、薩長藩閥に抑え込まれていることを憂えていた。

「ところで、君の生業《なりわい》の新聞の方はどうかね」

「新聞はますます売れていますよ。印刷機が良くなり、大量に発行できるようになりましたから。新聞を見た大衆は、中央の政局に関心を持ち出しています」

「では、新聞は民権派の後押しはできているようだね」

「はい」

「ならば結構」

当時の新聞は藩閥政治憎しで、一貫して民権派擁護の論調であった。ただ、帝国議会の発足によって民権派が大勢議員になったものの、伊藤や山県、井上馨ら維新の元老たちが依然政権を掌握している状況は変わらない。組閣は帝の大命によるものと言っても、それは形の上だけであって、元老らが具申する人事案が通ってしまうのだ。

「政党が政府をつくるのはまだ無理でしょうね」

大河内の声はいささか低くなった。

だが、政党人が幅を利かすのはそれほど遠い先の話ではなかった。板垣が初入閣するのはこれより五年後の明治二十九年（一八九六年）の第二次伊藤博文内閣の時である。この時、日本は日清戦争の真最中であったほか、西欧列強との条約改正交渉にも迫られていた。藩閥政権側に、民権派の逸材も政府に引き入れたいとの思いがあった。

さらに、最初の政党内閣ができたのは日清戦争のあと。皮肉にも藩閥政治にも強く関わってきた大隈重信が、板垣退助とともに組閣した明治三十一年（一八九八年）の憲政党隈板《わいはん》内閣だ。新八が京都を訪れたこの年から七年後のことである。

洋風の電灯に照らされた店内は結構明るい。明るい分だけ、焼き魚や野菜の煮しめの肴も幾分うまそうに見える。

津田は大河内から注がれた灘の酒を飲みながら、本題に入った。

「恐らく、西郷隆盛は姿かたち、名も変えて、ロシア皇太子に同行するに違いありません。外国の賓客ですから、日本側も同行者の素性を調べにくいでしょう。場合によっては、洋風の名を使い、軍装などして皇太子に侍っていることも考えられます」

「であれば、皇太子が車列で来れば、先導役の西郷が先頭にいて、恐らく皇太子は二番目か三番目の馬車であろう。皇太子本人を傷つければ、大いなる外交問題になってしまうので、われわれの攘夷の意思を示すだけなら、最初の馬車を襲えばいい」

「そこに西郷が乗っていて、彼を傷つけたとしたら、大騒ぎになり、それだけでわれわれの所期の目的はかなりのところまで果たせることになります」

「なるほど、そうかも知れぬな」

「では、改めて確認したい。われわれの攘夷行動は、ロシア皇太子一行を襲うこと。ただし、皇太子自身を傷つけるのは避け、車列の一番に来るであろう、西郷を狙うということ。如何であろうか」

津田が念押しすると、前田と大河内は頷いた。

四

新八は牧田玄斎とともに、尾上亀之助に導かれ、道頓堀角座に向かい、尾上小亀が主役を務める「赤穂浪士をめぐる女たちの物語」を見た。新八らは、亀之助に楽屋から入るよう強く勧められたが、事前に楽屋には行かず、小亀には会わず、木戸銭を払って中に入った。

赤穂浪士の劇は、赤穂浪士にかかわる女たちがどういういきさつで知り合い、どんな関係となり、別れていくのかという話だが、その中でも有名な岡野金右衛門と大工の娘の愛と別れが主題となっている。

大石内蔵助や旧赤穂藩の幹部たちは、討ち入る先の吉良上野介が住む本所松坂町屋敷の詳細な状況を知りたがった。そこで、江戸滞在組の一人元近習の岡野金右衛門に命じて何とか屋敷の絵図面を入手するよう求めた。

吉良は刃傷事件後、江戸城外の鍛冶橋から本所への移転を命じられ、新屋敷を普請したばかり。岡野は吉良屋敷の普請を手掛けた大工の家には絵図面があるだろうと考え、大工の家に小間物屋の恰好で出入りすることにした。

大工にはお艶という娘がいる。岡野はその娘に目を付け、接近して籠絡し、「他家の旗本が近く家を普請するので、その参考にしたいと申しておるから」と言って、父親から絵図面を借りるようお願いする。

大工の父親は「これは赤穂浪士に狙われている吉良殿の屋敷の絵図面。絶対まかりならぬ」と拒否する。だが、娘は俊英で目鼻立ちの整った岡野に徐々に惹かれていく。最初に策略のつもりで近づいた岡野も、娘の健気さに徐々に惚れていく。

岡野は（こんな娘をだましていいのだろうか）と自らの感情の変化を感じながら、（でも、われわれには討ち入りという本望があるのだ）との思いとの間で悩む。しかし、最後は本望が上回って納得し、あくまで絵図面取りにまい進していく。お艶は岡野の素性を感じ、下心を知るが、でも、好きになってしまった以上、男の願いを叶えてあげたいと思い、父親の仕事部屋から絵図面を盗み、岡野に渡すのだった。

実は、父親も岡野が商人でなく武家で、しかも赤穂藩に関係しているらしいと素性をうすうす知っていた。かわいい娘に近づく男を父親は心底心配し、手下の者に探らせていたのだ。

夜間、娘が絵図面を持ちだすのを父親は隣の部屋から襖の陰で見ていた。でも、かわいい娘の一途な思いに負けて、見逃すのだった。それればかりでなく、父親自身、岡野の男気にほれ込み、本願成就させてあげたいとの思いもあった。

討ち入り成就のあと、高輪泉岳寺に向かう赤穂浪士の一行の中に岡野がいるのをお艶と父親は目撃する。お艶は愛する男の本願成就を喜ぶと同時に、これがわれわれの別れになると自覚し、複雑な感情に捉われ、泣き崩れるのだった。舞台はそこで幕となる。

新八はその最後の場面を見て、もらい泣きした。艶を演じている小亀の演技が素晴らしかったこともあったが、それ以上に自分の今の身の上に照らし合わせたからだ。

赤穂浪士は本願成就したのに、自分は新選組隊員としての本願も、今回娘との再会を果たすという本望も遂げてはいない。そういう思いの涙だった。

「玄斎殿。実はお艶を演じていたあの女優が小亀さんです。私の娘と幼いころ、一緒に育ったとのことなんです」

新八は涙を流したことをごまかすように、隣の玄斎に話し掛けた。

「ほう、そうですか。……美形ですね」

牧田は話の筋にはあまり関心がないようだった。それで新八も相手に合わせるような口ぶりになった。

「確かに、私の娘もまだ生きていて、あれほど美形であれば、なんと嬉しいことか」

中入りの幕間に、亀之助が酒と新香のつまみと結び飯を客席にいる二人に持ってきた。

「永倉殿。このあと楽屋に来られませんか。座長が永倉殿に何かお聞きしたいことがあると申してまして」

それを聞いて新八は一瞬迷った。

座長は元熊本の武家で勤王派だったと聞いた。であれば、過去の、恐らく幕末時の因縁話になるに違いない。私の身内が新選組に斬られたなどという話はもう聞きたくない。

「座長が特別に会いたい」と聞いて、新八は却って楽屋に向かう意思が萎えた。

「玄斎殿。貴殿は座長に興味があるようですが、私は幕末に斬り合った過去に捉われるのはもう嫌だ。新選組時代の話はしたくない。貴殿が楽屋に行かれるのは勝手ですが、私はお先に帰らせてもらいます」

そして、新八は亀之助に向き直って断った。

「小亀さんの芝居を堪能し、満足しました。他用がありますので、芝居が終わり次第帰ります。座長と小亀さんにはよしなにお伝えください」

新八は、（新選組時代の話はしたくない）という思いを亀之助には再度婉曲に伝えた。

新八は幕間に結び飯を食べたが、酒、肴は遠慮して、芝居が幕になったあと、牧田玄斎を残して先に引き揚げた。

新八に他用などなかった。牧田道場の住み込み門弟用の一室を借りていて、そこに戻って行った。

牧田は芝居の打ち上げ後も、しばらく客席で酒、肴を楽しんでいた。そこに、座長の梅昇と小亀がやってきた。

「あれ、杉村殿はどうされましたか」

「所要ありとのことで、一足先に帰りました」

「いやわ。先日京都でお会いして磯さんの墓参りにご一緒し、またお会いできるのを楽しみにしていたのに」

小亀は実に残念そうだった。

「何故に先に帰られたのか」

「座長殿がかつては武家で、勤王の志士であったとか。杉村殿は旧姓永倉新八と言って、新選組の幹部をされていた方ですから、今さら貴殿、勤王方と佐幕派との間で命をやり取りした話などしたくないとの様子でした」

「そうでしたか。私もそんな恨みつらみを話すつもりはなかった。でも確認したいことがあったのです」

「ほう。それは何事？」

「いや、それはここではやめましょう。永倉殿に直に話すまで」

「そうですか。では、今度貴殿と永倉殿が会う機会を設けましょう」

「いやそれには及びませぬ。こちらで何とかいたしいたします」

梅昇は武家を相手にすると、やはり武家言葉が出てきた。

五

大阪・堂島米市場で五月初頭の一日、夏相場の商いが始まった。

堂島の米取引所は、江戸時代、各藩の蔵屋敷が立ち並んでいた中之島の、堂島川を挟んだ対岸にある。

昔は、西日本各地から中之島の蔵屋敷に米が集荷され、現物が仲買人によって品質が検査され、値段が付けられていった。今も現物の正米商いの取引はあるが、主流は、帳合米商いという一種の先物取引である。江戸時代からすでに始まっていたが、明治に入って、こちらの方が多くなった。

堂島米市場では、売り方と買い方が取引所の広場に集まり、帳合米商いは午前八時から、正米商いはそれより二時間遅れて午後十時から。水方と呼ばれる役人が拍子木を打つと、仲買が掛け声をかけ、取引が始まる。

米百石を最小単位とする金融商品の米切手が、競り合う方式で買い方によって値段を付けられていく。米切手が約束する現物が実際に現れるのは十月。そのため、買い手は夏から秋の天候を見極めて買い値段を付けていかなければならない。米切手を安く買って、のちに天候悪化で不作となれば、現物は高く転売できるという仕組みだ。

夏相場に出てくる米は山陰、北陸ものが多い。この地域の米は、山間の田畑で生育されるものが多いだけに天候に左右されやすい。その分だけ取引は面白味が出る。

夏相場が初めて立ったその日、柏屋善兵衛、西門屋言右衛門、摂州屋稲盛仁蔵と相場師の前田源之助という前田一派、そして住吉喜三郎らの京都商人一派も取引所の中にいた。

「カーン、カーン」

午前八時ちょうど、場内に乾いた拍子木の音が響いた。

寄り付きから、一部の場立ちが手の平を外に向け、「遣った（売った）。遣った」の声。そのあとに「北陸米一石当たり六円」の値段が叫ばれた。

取引は百石単位だが、売値買値は一石当たりの額を表示する。

売りの声に対し、手の平を自分に向ける「取ろう（買おう）。取ろう」という買いの応対がない。

果たして、今夏の天候は安定するのか、荒れ模様になるのか。

多くの場立ち、また彼らに指示を与える相場師たちは、さまざまな情報が飛び交う中、模様見しているようだ。

場内は無言の中で、徐々に緊張感が高まっていく。すると、しばらくして「取ろう。取ろう」の声が入った。

喜三郎の一派やその他の場立ちが買いに入ったのだ。

今、取引所内を支配しているのは、今夏の天候が悪化するという情報で、多くの相場師は当初はそう見込んでいた。ただ、寄り付きから動きなしという不気味な雰囲気があって、買い側にも躊躇が出ていた。

ただ、最初の一声で吹っ切れたのか、買いの声が多くなった。それで、取引値段は徐々に高騰し始めた。

これを見た前田側が突如手の平を相手に向け始めた。売りに出たのだ。

「これで、京都一派連中の頭を冷やさせてやる」

前田のぎょろっとした目が一段と剝いた。

京都一派だけでなく、多くの場立ちの動向を見たかった。前田はそれなりに名の売れた相場師だ。自分の動きに注目する者がいれば、買いの動きは収まるだろうと思った。

前田派の売り一方の動きを見た一部の者たちが動揺し、買いの動きを止めた。多くの相場師は、(天候悪化が言われている中、前田派が最初から売りに出ているのは、相当な根拠があるからではないか)と思い始めたようだ。
一、二時間もすると、買いより売りの方が多くなり、取引値段は下がっていった。
これに対し、喜三郎派も内心喜びながら、一時、買いを止めた。動揺している様子を見せたかった。買い進めたかったが、売り方もその動きを止め、取引値段が再び上昇するのを嫌ったのだ。休み休み、躊躇している振りをしながら、北陸米の買いに入って行った。

「よーし、うまくいった。きょうだけで千石以上は買えたぞ。かなりの安値でこれだけ仕入れたら、秋には大金に化ける。これで、昨年の損は取り戻せるかもしれない」

喜三郎は、京都の株仲間の商人たちとひそかに顔を見合わせて、ほくそ笑んだ。

喜三郎は、大阪の商人たちに晴天情報を流したことを尾上小亀から直には聞いていない。しかし、前田一派が尾上一座と懇意にしていることは事前に知っていたから、小亀が吹き込んだのであろうと思った。

となると、前田派はずっと買いには出てこまい。こちらの思うつぼだ。

「取引所に出される北陸米はあとどのくらいになるかは分からないし、こちらの資金の都合もある。ここで手仕舞いするか、あるいは続けるか。仲間内でまた相談せねば」

いろいろ思案しているうちに、「カーン、カーン」と水方が打つ拍子木が大きな音を立てた。

午後二時、拍子木の合図でその日の帳合米商いは引けた。圧倒的な売り相場になった。

「やった。やった。こちらの思い通りや。大儲けできるぞ」

喜三郎と仲間たちは心の内で欣喜雀躍した。

前田派は、大引けのあと、取引所近くの酒場で会合を持った。

「いやー。ほんま驚いたわ。京都の商人どもが異常な買いに入ったのには」

「なんや、確かな根拠でもあるんやろか」

言右衛門と善兵衛が不思議そうに振り返る。

「今日だけで、地主方に支払う分を差し引いてこちらの手数料は二百円くらいにはなりそうだ。ただ、ほんまに天候はどうなるんやろうか。作況が悪化したら、米価は跳ね上がり、こちらは大儲けをし損なうことになるんやなー」

年長の善兵衛がため息交じりにつぶやいた。

「けど、今は小亀の情報にかけるしかないな。逆に、天候が安定したら、それはそれでわれわれの売りの判断は正しかったことになる」

もちろん、前田が率いる大阪の商人一派も、地主方から米を購入する際の資金は銀行から借り入れている。米切手を長く持っていて米の豊作、不作が分かった時点で勝負が決まる。不作なら、米価は上昇するから、米切手の価値は増す。

逆に豊作では米価は下がり、場合によっては地主方から仕入れた時点より下がる場合もあり得る。そうなれば、米切手の価値は下がり、銀行から借りた資金の金利を含めて相場師たちは大きな損失を被ることになる。いずれにしても、現時点では損得は分からない。

次の日も北陸米が取引され、前田派など大阪一派が売りに出て、京都派が買いに回った。この二日間で北陸米取引は手仕舞いした。

六

前田源之助は、堂島米取引での商いに一喜一憂しながらも、再び津田三蔵、大河内多聞と大阪で会った。時は五月四日、もう気候はだいぶ暖かくなっている。場所は前回と同じ大阪北御堂近くの居酒屋「伯楽」であった。周りの客に話が聞こえないよう奥座敷を取った。

「ロシア皇太子が今月十日に京都見物に来る。その時、琵琶湖も見る計画であるそうで、滋賀県警に奉職している身にとっては攘夷決行に願ってもない機会だ」

津田が声を潜めて口火を切った。

「恐らく、私も警備に駆り出されよう。その警備の隊列の中から飛び出して皇太子一行を襲う。先頭馬車には恐らく皇太子は乗っていまい。先頭は随行者だ、あるいは西郷隆盛かも知れぬ」

「では、西郷を襲うだけで良いということですか」

大河内が再度確認した。

「然り。皇太子本人を傷つければ、国際問題になり、ロシアと戦争になってしまう恐れもある。今、我が国がロシアと戦争しても勝てはしまい。われわれの攘夷は外国人の、とりわけ海外の使節の車列を襲うことで十分その志は伝わると思う。われわれは先頭馬車の者を襲えば十分だ」

「分かった。ではわれわれは何をすれば良い」

前田が煙草に火をつけて、聞いた。

前田はそう言うものの、この時正直に言えば、近い将来の攘夷決行に前向きになれない。今年の夏米相場の行方を監獄の中でなく、娑婆の世界で見守りたいという思いがあったからだ。

「最初に突入するのは私だ。前田氏と多聞は、警備している私のそばにいて、私の動きを見守って欲しい。万一、馬車に西郷らしき男がいて、私が討ち漏らし、男が馬車から逃げるようなことがあったら、追いかけて討ち取って欲しい」

「相分かった」

大河内が返事したものの、前田は「おう」と言って軽く頷く程度だった。

「で、この計画は永倉新八どのに伝えるのか」

前田の懸念はもっともだった。首領と仰ぐ人をどういう形で使うか。実行計画に加わって一緒に車列を襲い、神道無念流の剣を振るってもらうか、あるいは実行部隊には参加せず、のちに「自分が首領だった」と新聞などで訴えて、宣伝に努めてもらうか。

「永倉殿に実行部隊に入っていただくのは無理がある。襲撃に元新選組幹部が加わり、万一先頭馬車に西郷が乗っていたとしたら、それは勤王、佐幕で争った幕末の再現になってしまう。あの御仁は、実行部隊には加わらず、後の宣伝に協賛してもらえれば、それでいいのではないか」

「それで良かろう」

前田と大河内は頷いて、盃を干した。

第六章　尾上小亀と「小磯」

一

——先般は角座にわざわざお越しいただいたにも拘わらず、お会いできず残念至極に存じ奉り候。杉村様が京都で生き別れし娘子をお捜しの件に付き、折り入って話したき儀あり、連絡致した次第にて候。我が方の住まい兼稽古場は難波八坂神社近くに在り。明日か明後日、お越しいただければ幸いに存じ奉り候——

大阪難波の八坂神社近くに住む新派演芸の座長、尾上梅昇から、天王寺茶臼山下の牧田玄斎道場に居候する永倉新八のところに使いが来たのは、五月初めの夕暮れ時だった。

武家の言葉で書かれた文には、詳しい地番と簡単な地図も添えられていた。

新八は「生き別れし娘子の話」という点に色めき立った。

（恐らく小亀さんに関しての話であろう。でなければ、生き別れた我が娘と梅昇座長との接点などないはずだ）と新八は思った。

そして使いの者に「明日午前中にでも伺う」と返事した。

京都でしかとつかめなかった磯の行方が大阪で得られるというのか。それとも、またまた絶望させられる話か。

その日夜、新八は、あれこれと考えてまんじりともしないまま過ごした。

翌朝、道場門弟との早朝の稽古を早々に済まし、朝餉を取ると、一目散に尾上梅昇宅に向かった。

八坂神社は天王寺茶臼山からそう遠くない。神社近くの尾上梅昇宅の稽古場はすぐに分かった。その界隈では、尾上梅昇の自宅があることは有名で、芸人が行き来するだけに、だれでも承知しているところだった。

玄関脇には万両や南天が植わっていて古い民家の風情を見せている。だが、片一方の庭石の上には芝居の大道具として使いそうな木材が積み上げられていて、その風情を台無しにしている感もあった。

新八が玄関で訪いを告げると、迎えに出てきたのは梅昇本人だった。

作務衣の上下に綿縞の合わせ半纏を羽織っていた。それが普段着であるようだ。

「永倉どの、ようお越しくだされた。多分朝方になるだろうと思い、今か今かとお待ち申し上げておりました」

「朝早々に邪魔して、申し訳ない」

「いやいや、こちらからお呼びだてしたこと。昨日までに第一期の角座公演が終わりましたので、今日、明日は稽古もなく完全休養の日でござる。それ故、ゆったりしておりました」

相手が武家なので、梅昇は勢い大阪言葉を止めて武家風の言葉も混じる。新八も梅昇が武家出身であることを知っているので、話し言葉にも奇異は感じなかった。

八畳ほどの広さの応接間に通されたが、ここにも所狭しと小道具の品々や台本風の紙とじが置かれていた。

内弟子の若い役者が茶、菓子を運んできて、退去すると、梅昇は早速本題に入った。

「杉村様に、まずこれを見ていただきたい」

梅昇はそう言うと、紫色の風呂敷を恭しく卓上に載せた。その中から取り出したのは古く汚れた布切れだった。

よく見ると、それは赤い巾着のようだ。

「あっ……」

新八は見た瞬間に心臓が破裂しそうになるほどに動悸が高まった。

忘れるわけはない。それは、紛れもなく戊辰の戦いが始まる直前、不動堂村の八百屋の二階で、出陣直前の新八が、磯を見せに来た乳母お貞さんに渡したものだった。

巾着はもともと、江戸にいた時に懇意にしていた伯母からもらったものだ。池田屋事件後、新選組の追加徴募で江戸に下った時に、小物入れとして使うため、三味線堀の実家から京まで持ってきたのだが、伯母はその後間もなく他界したので、事実上の形見となった。

新八が江戸とつながる分かりやすい手蔓であったため、磯を連れて来た乳母に「これを手掛かりに、娘を江戸の身内に届けて欲しい」と頼んだ。無理なお願いとは分かっていたが、そうするしかなかった。

梅昇から渡された巾着を手に取って、新八はしばし射るように見続けていた。預けた時より、さらに形も崩れ、色もすすけていた。

「これは確かに儂のものだ。どうしてお主が持たれているのか」

梅昇は（やはり）という納得顔をして、改めて新八に向き直った。

「この巾着は、あなたもご存じのお貞さんが持っていました。私と会った当時は岡田貞子と名乗っていましたが、尾上小亀を我が一座に引き取る際に、お貞さんが私に渡したものです」

梅昇はそれから、岡田貞子と初めて会った時の記憶を辿るように話し始めた。


明治十六年（一八八三年）。京都祇園に近い四条通りの茶店。

岡田伊都を引き取る相談のため、梅昇は母親の貞子と差しで会っていた。

「伊都本人も大阪の梅昇様の一座に入ることを了解しました。どうかよろしくご指導のほどお願い申し上げます」

貞子は丁寧に頭を下げた。

「心配要りません。伊都さんは立派な芸人になると信じてます。あれだけ立派な舞いをされるのですから」

「そうですか。そう言っていただくと、こちらも気が強うなります」

そういう紋切り型の会話を交わした後、貞子はためらいがちに切り出した。

「梅昇はん、これは本人には内緒にしてほしいのどすが、今後のこともありますので、座長さんには一応知っておいていただきたいのです。伊都の素性のことです」

「はて、どういうことですかな」

「実は、あの娘は私が腹を痛めた子やないんです。伊都と言うてますが、本当は磯という名で、もらい子です。あるお武家と島原の芸妓の間に生れた子供です。その芸妓は産後の肥立ちが悪く亡うなってしまい、祇園の芸妓をしていた姉に引き取られました。ですが、その姉様も亡うなってしまったので、乳母をしていた私がそのままもらい受け、実子同然に育てましたんや」

　貞子は一語一語嚙みしめるように話した。

「実は、磯の実の母親が死んだ翌日、乳母の私がこの女児を抱いて父親のところに見せに行ったんどす。子供を向後どうしたらいいのかを聞くために。彼は幕府方の御武家様です。新選組の方で永倉新八はんと言います。ちょうど戊辰の役の戦場に向かう時でした。永倉はんは、もう死を覚悟しておりまして、娘をぜひ江戸にいる実家の方に届けてほしいと言い残しはりました。心残りだったのでしょうね」

　貞子は、赤い巾着を取り出して八百屋の二階で新八と交わした会話、約束を説明した。

「私は当時、子供を江戸などに送るのはとても無理やと思いましたが、切羽詰まった相手のことを考えて、承知しましたと答えたんどす。苦し紛れに」

「ほう、そのような事情が……」

「ご一新のあと間もなく、実の娘伊都がはやり風邪で死にました。悲しみのあまり伊都の死が受け入れられず、磯を伊都の身代わりにしてしまったんどす。私は夫や母親とは長い間、離れ離れの生活をしていたので、そのすり替えはバレまへんどした」

「………」

事実、貞子は世間的にも娘を実子として扱ってきたし、娘本人も岡田貞子の実子と思い込んで暮らしてきた。

「娘を伊都だと思い込むと、江戸に届けるという永倉はんとの約束も徐々に薄れていきました」

「なるほど」

徐々に薄れたとは言うものの、まったく消えたわけではない。貞子の心底には永倉新八との約束がずっと刻み込まれていて、時折それが息を吹きかえしていた。

貞子が娘を梅昇に渡すことをためらう様子なのは、幕末に永倉新八とかわした約束があったからにほかならない。

梅昇は「岡田伊都」の幼いころの身の上を理解した。

ただ、梅昇にとっては、伊都が貞子の実子であっても、貰い子でもどうでも良い話。要は岡田伊都が自分に預けられ、向後立派な芸人になればいいだけのことである。

貞子は話を続けた。

「昨今、陸蒸気なる乗り物が盛んに造られ、間もなく東京までも通ることにもなりまひょう。あながち無理ということものうなりました。ですから、娘を一度、東京に連れて行き、所縁《ゆかり》の人に会わせなければならないとの思いもあるんどす」

梅昇は腕を組み、思案顔となった。

そのあと言葉を選び、若干言葉の調子を変えて話し出した。

「儂らは今、上方での公演が主ですが、将来は東京にも進出しようと思うとります。ですから、一座で東京に行くこともあるでしょう。儂に任せてもらえば、娘さんを東京の所縁の方に引き合わせることも可能です。それも約束しましょうぞ。どうかお義母さんの方から事情を話してもらって、娘さんを一座に引き取らせてください。どないですか」

梅昇は貞子の心残りを打ち消しにかかった。

梅昇の説得で、伊都が一座に加われば、東京行きも可能になると貞子は思い込んだ。さらに、今の自分の身の上からして、陸蒸気が通ったとしても二人で東京まで行くのは無理であろうと思った。梅昇に託すのが最善であると了解した。


梅昇は過去を思い出し、遠い目をして貞子と会った時の話をした。そのあと、茶を飲み干して再び、新八に目線を向けた。

「小亀は、自分が岡田伊都だと固く信じているはずです。だが、貞子さんが亡くなった以上、もう本人に話してもいいでしょう。お前の血のつながった実の母親は岡田貞子ではなく、島原などに出ていた芸妓だと。その芸妓の実の姉が祇園にいた小駒という芸妓で、貞子さんは小駒さんから頼まれて乳母を引き受けた人だと」

それを聞いて、新八は祇園で芸妓、小百合から聞いた話を思い出した。

「そうですか。実は、今でも祇園で芸妓をしている小百合という者がいますが、かの者から聞いたところでは、お貞さんは、娘さんが十五歳くらいの時に、この子を東京に連れていってほしいということで、どなたかに娘さんを託したと話していました。その託された人というのが貴公だったのですね」

「はい、貞子さんから娘を引き取ったのは私です。宴席で半玉時代の娘さんの芸、姿かたちを見て、華やかさを感じ、これは一流の女優になるなと思いました。それで、貞子さんにこちらで育てさせてくれと懇願したのです」

「なるほど。それですべて辻褄が合う」

「貞子さんから、東京に行ったら、この子を永倉家の縁戚の方に引き合わせてほしい、これが目印だとして巾着を渡されました。この巾着があなたのものでしたら、小亀が永倉殿の娘であることは動かし難い」

「岡田伊都、いや尾上小亀が儂の子供……」

　新八はそこまで言って言葉を呑んだ。

（ああ、何てことか。今、大阪で人気を博している看板女優が儂の娘だったとは）

　心の中で、何かを叫ぼうとしたが、声にはならなかった。声の代わりに顔が引きつり、涙が滲んできた。

二

京都で磯の墓参りをした際、「伊都」と名乗る女性と初めて会った。その時に、おぼろげながら（この小亀がひょっとしたら磯ではなかろうか）と思わなかったわけではない。それは、姿かたちが幕末に短期間一緒に暮らした小常を彷彿とさせたからだ。

その後もそう思うことがあったが、そのたびに、（儂の勝手な思い込み。磯は死んだのだ。冷静さを失うとは武士にあるまじきこと）と打ち消してきた。

だが、あれは思い込みでなく、真実だったのだ。小常の面影があって当然だった。なんという結末であろうか。

新八は気持ちを立て直した。

「ところで、小亀さんは今、どこにいましょうか」

胸の熱さを少し冷まし、涙をぬぐいながら聞いた。

「この近くの町屋に間借りして生活しています。休みなので家にいると思います。呼びましょうか」

「いや、儂も驚いているくらいですから、岡田貞子さんの実子とずっと思い込んでいる小亀さんも本当のことを知って儂以上に驚くでしょう。梅昇殿は赤い巾着の話とか、お貞さんから東京行きを託されたことなどは本人に話していないのですな」

「お言葉の通り話していません。こちらに引き取った以上、本人の詳しい身元など関係ありませんからね。岡田伊都であろうと、あなたの娘永倉磯であろうと。今は尾上小亀です」

「では、座長の方から、一度これまでの話を整理し、順序立てて小亀さんに話していただけませぬか。冷静に、ゆっくりと」

「分かり申した。今日午後にでも、小亀を呼んで私から話しましょう。その時は、永倉どのも同席されますか」

「いや、小亀さんは自分が岡田貞子さんの娘でないと知ったら驚くし、すぐに呑み込めないであろう。これまで持ち続けていた思い込みを解くのはそう簡単ではないと思われる。儂がいたら、一層複雑な気持ちになり、判断しにくくしてしまうのではないか。ですから、娘が納得したあとに会いたい。梅昇殿との話で、本当に自分が永倉新八の娘磯なんだと納得したあとに」

「承知しました。では、私の話で本人が納得したら、牧田道場にいる実の父親に会いに行くように言いましょう」

「よろしくお頼み申します。ともかく、磯が生きていることが分かり、儂は嬉しい。京都に来た甲斐がありました」


新八は茶を一服したあと、刻み煙草をキセル詰め、火口《ほくち》で火を点けた。満足感を堪能するように、最初の煙は口をつぼめてゆっくり吐き出した。

尾上梅昇も同じように茶をすすり、煙草に手を出した。

朝の陽の光が奥の座敷の障子を照らし出している。

「ところで……」と言って、梅昇は別の話に切り替えた。

「ここで話しても詮無いことなのですが、幕末の京で私は永倉どのを見掛けています。いや、見掛けたというより、実は切り結ぶ寸前までいったのです、百戦錬磨の貴殿には恐らく記憶にないと思われますが、まだ二十歳前の私にとっては最初に生死に関わった出来事だけに、今でも鮮明に覚えているのです」

(やはりそういう話になるのか)

新八はそう思ったが、今、娘の面倒を見てもらっている関係上、聞かなくてはならない話ではなかろうかとも感じた。

「いかなる話でござろうか」

新八は目線をそらして床の間の方に向けた。

武士の出らしく、書の軸が掛かっていた。

「慶応三年（一八六七年）一月ごろの出来事です。私はまだ二十歳前の若年ながら、肥後熊本尊攘派の大御所、河上彦斎先生と行動を共にしていました。ある時、河上先生と京の旅館にいた時に新選組の御用改めを受けたのです。私ともう一人は先生を助けようと、二階縁側から屋根伝いに逃がし、われわれ二人は玄関に出て新選組の一隊と対峙したのです。その一隊を率いていたのが永倉さんだったと記憶しています」

「ほう、そんなことがありましたか。こちらは御用改めが毎度の務めで、いちいち覚えておりません。で、その時はどうなりましたか」

「こちらは、若輩で剣も未熟。ですから、立ち合っても勝てるわけがない。最初から刀を抜かず、捕縛されるのを覚悟で玄関に出ました。その時、その一隊の隊長は『それがしは新選組二番隊隊長の永倉新八である』と名乗り、『手向かえば切り捨てる』と言われたのです。私たちは何もできず、刀も抜かず、神妙にそこに立ちすくんでいました」

「それでどうなったのか」

新八も記憶をたどりつつ聞いた。

「神妙にしていても、新選組が討ちかかってきたら、我が方も未熟ながらも応戦せざるを得ない。で、しばらく無言でいると、隊長が『まあ、君らはまだ若い。筋金入りの志士でもなかろう。みすみすこんなところで命を捨てることはない。この場から去れ。ただし、次に斬様なところで会ったら斬る』と言ったのです。それで我々二人は外に出て逃げました」

「その一件は、思い出せないが……。確かに、儂の隊に限っては手向かいしない者まで斬り捨てることはなかった。慶応三年当時、もう白刃で斬り結ぶことに疲れていたのかも知れぬ」

「あの当時、京にいる志士であれば覚悟を決めていたでしょう。私も、死ぬことはあると思っていたし、それを恐れてもいなかった。ですが、現実に死に直面し、辛うじてあの場から逃げた後、しみじみ感じたことがありまして、死ぬことが恐くなりました」

「ほう。それは何かきっかけでもあったのかな」

「あの事件のあと、大坂に出て、たまさか上方歌舞伎を見たのです。芸の素晴らしさに引き寄せられました」

「ほう」

「こちらの方が面白いし、やってみようという気になったのです。やはり生きていた方がいい、生きていることは素晴らしいことだと実感したのです。それで、以後、志士気取りは止めてしまい、戊辰の役にも加わらなかった」

「………」

「そして、上方歌舞伎に弟子入りし、新派演芸を起こしました。あの時、永倉殿が逃がしてくれなかったら、今の私はない」

「さようか。生き続けてかような大衆演芸をつくり、世間に喜ばれているのなら、確かに素晴らしいことでありましょうぞ。『去れ』という言葉は、その時、単に殺伐さを忘れたいという儂の心の持ちようだったかも知れぬ。妻にややこができたと分かったあとのことだったので」

（そうだ、そのややことは磯、小亀のことなんだ）

新八も梅昇も同時にそう思い、改めて梅昇一座と小亀との縁を感じた。

「いずれにせよ、それで貴公は生き抜いた。儂の言葉が貴公のその後の人生に大いに影響を与えたようであれば、結構なことではなかったか」

「さようです」

「そして今、儂の娘の面倒を見てくれている、本当に奇遇としか言いようがない。感謝して余りある。誠にかたじけない」

二人は同時に煙草の煙を吐き出して目を合わせ、微かな笑顔を交わした。

三

新八が尾上梅昇から娘の磯に関する話を聞いている時、当の小亀、つまり永倉磯は、大阪難波の茶屋「善哉」で、京都の呉服問屋「椎葉屋」の若旦那、住吉喜三郎と会っていた。

京都の町屋のように、玄関脇に坪庭があるしゃれた茶屋だった。

喜三郎が待ち合わせの場所に出会い茶屋を選んだのは、下心がなかったわけではないが、それより、静かなところで、先般の堂島米取引所のいきさつを小亀に伝えたかったのだ。

「北陸米の相場では、売りが多く出て、儂ら京都組は専ら買いに回った。あれだけ売りが出るというのは、今夏の天候は安定していると大方が踏んでいるからであろう。大方の情報では、天候は荒れるという見通しであったのに、大阪の相場師連中が売り、売りに出たのだ。恐らく誰かの吹き込みがあったからに相違ないと思っている。そのきっかけを作ったのは伊都ちゃんではないんか。大阪の相場をやっている連中に話してくれたのと違うんか」

「ええ、話しました。大阪の商人さんたちと宴席を持った時どす。柏屋善兵衛さん、相場師の前田さんとご一緒した時には、たまたま米相場の話になり、向こうから話を振ってきたので、喜三郎はんから言われたことをそのままに告げました」

仲居が酒肴を運んできた。酒は灘の高級酒で、肴は京都風のにしんの煮つけだった。

「先日の取引所では、前田の一党もかなり売りに出ていた。恐らく伊都ちゃんの言葉を信じたものだと思う。前田組の動きを見て、大阪のその他の連中も同調したのやろう。それでこちらは安く、ぎょうさん北陸、山陰米の米切手を買うことができたんや。ほんま、おおきにな」

「私、そんな真剣な感じで話してません。ほんの座興の話って感じで切り出しただけどす」

「それが良かったんかも知れんな。それで、前田組の連中は、天候読みが何を根拠に判断したんかと聞いて来なかったか」

「もちろん、聞いてきはりました。でも、そんなん喜三郎さんから聞いてないし、話しようもないので『知らない』で押し通しました」

「それでいい、それでいい。一般に天候読みは、根拠にしているものは絶対に他人に告げないもんや」

喜三郎は納得した顔を小亀に向けて、杯をぐっと飲みほした。

「実際に夏に天候が悪化し、手持ちの米切手が買値の数十倍に値上がりしたら、こちらは数百円どころか数千円の儲けになる。そうなったら、伊都ちゃんにもたっぷりお礼をしたい」

茶屋「善哉」は横丁のさらに奥の小道に面したところにあり、高い木に囲まれて、昼間でも陽が通りにくい。二人のいる部屋も日中なのに薄暗かった。

「あんなあ、伊都ちゃん。幼いころ、いつも一緒で、よく遊んだなぁ。儂な、子供心に伊都ちゃんのことが好きだったんやでぇ」

喜三郎は声を低めて、昔あったことを二、三語り掛けた。

小亀は喜三郎に酒を注ぎ、しばらく黙っていたが、酔った勢いで話を続けた。

「私も子供心ながら喜三郎はんのこと慕とうていました。でも、芸妓になる身ですから、普通の結婚はできへん。老舗のぼんぼんなどと一緒になれへんとあきらめていましたん。そのうち、あんさんはどこぞに婿入りしてしまって。わたしの儚い初恋物語はそれでお終い……」

酒の勢いもあって、小亀もついつい本音を漏らしてしまった。

「そうか、お互いに惹かれていたんやったんやなー」

喜三郎はそう言って小亀の手を握って傍に引き寄せ、肩を抱いた。小亀は抗わず、なすがままにした。

「でも、どういう運命か知らんが、伊都ちゃんは今や上方の有名人、大女優や。儂はしがないつぶれそうな商家の婿殿」

「そんなんどうでもいいこと。仲良かった幼友だちというだけでよろしいと思います」

小亀の言葉も段々打ち解けたものになった。

喜三郎は小亀を抱き寄せ、顔を近づけた。小亀が目を閉じたので、口と口とを合わせた。

小亀ももう満で二十三の歳。茶屋に男と来て、こういうことになるのを想像できないわけはない。

目を閉じた二人は、それぞれ十代のころを思い出し、その世界に戻ろうとしていた。

小亀の休の力が抜けると、喜三郎は小亀の髪の毛を撫でつけ、うなじを触り、そして胸元を開いて手を入れた。そこには二十歳すぎの女性の熟れた乳房があった。

男が乳房をもむと、女は「うっ」という声を上げて、さらにしなだれかかってきた。女の帯を解き、着物を脱がせた。白いきれいな裸身が薄明かりの中に浮かび上がった。

男は自分も服を脱ぎ、下帯一つになって、その裸身の上に乗った。

小亀はこれまで宴席を共にした贔屓筋と関係がなかったわけではない。だが、本当に好いた相手と結ばれたことはなかった。気分はいやがうえにも高まっていく。

「いやや、いやや。もう離さんといて、喜三郎さん」

激しい愛撫に、小亀は顔を紅潮させて夢中でそう叫んでいた。小亀は目をつぶって、昔、喜三郎を慕っていたころを思い出し、言いようのない陶酔感を味わっていた。

四

小一時間で事が終わると、二人とも汗をかいていた。

すでに新暦の五月、気候は温かくなっている。

「ところで、伊都ちゃん」

喜三郎が口を開いた。

「お互いに好き合っていたのやから、どうやろ、もう一度昔の二人に戻らへんか。儂が大金を手にしたら、大阪で家買ったる。そこに住まへんか」

ちょっと先走った誘いだった。

「それは、私にお妾さんになれということ」

「妾やなんて思うてない。たまに京都から大阪に出た時に寄らせてもらい、酒でも飲んで昔語りしようやないかということや。好いている同士の男と女やないか」

小亀はしばらく黙った。

(わたしは大阪で名の売れた女芸人。他人に買ってもらわなくても、家くらい自分で持てる)と内心思った。

だが、喜三郎が今でも自分に思いを寄せていることは掛け値なしに嬉しかった。

「分かったわ。考えときます。でも、わたしも芸人で忙しい身。喜三郎さんが大阪に来た時にいつも付き合えるというわけにはいかんかも知れへん」

「分かっている。子供のころのように、お互い時間がある時、楽しく仲良うできんかなと思うとるだけや」

喜三郎は再び小亀を抱き締め、口を吸った。

外はもうとっぷりと日が暮れている。

二人は、抱き合っては次から次と思い出話に花を咲かせ、そのまま一晩を過ごした。


新八は尾上梅昇と会い、小亀が娘の磯であると聞いたその日、道場の居候部屋でおとなしく小亀の来訪を待っていた。当の本人が休日を利用して男と会い、旧交を温めていることなど知る由もない。

（どうしたことか。磯は自分を捨てた実の父と会うのを嫌がっているのか）と心配しつつ、床に就いていると、「杉村様。いてはりますか」と住み込み門弟が声を掛けてきた。来客があるという。

（小亀がやっと来たか）と喜び勇んで、玄関に出ると、客人は女でなく、津田三蔵、前田源之助、大河内多聞のいかつい男三人であった。

「ここにいることが良く分かったな」

「杉村様が牧田道場にいることは、京都の尾張屋旅館、西本願寺の島田魁殿から聞いてきました」

「それで、こんな夜分、いかがした」

「われわれの計画が決まりました」

「そうか、では、部屋でゆっくり聞こう」

新八は三人を居候部屋に案内し、茶碗を出し、寝酒用に持っていた酒を振舞った。

「ロシアの皇太子ニコライが十日に京都を訪問しますが、琵琶湖を見たいとのことで、十一日に大津に参ります。私たち邏卒はその警備に駆り出されますので、皇太子一行の旅程はよく承知しています。そこで、大津で馬車に乗っているところを襲おうと思っております」

「ほう」

「警備に駆り出されていれば、襲撃するのは手易いでしょう。ただ、ロシアの皇太子本人を直接襲うのは恐れ多いこと。最悪の場合、大きな外交問題になるどころか戦争になってしまいます。そこで、先頭の馬車を襲います」

「そこには、皇太子を案内してきたロシア使節団の小者か、水先案内人として彼らを先導してきた日本人が乗っているはずです。あるいは、西郷隆盛が乗っているかも知れませぬ。いや、その可能性は大です。西郷を襲えば、今や毛人の一味に成り下がった西郷の評判を落とすことにもなるし、それでわれわれ新攘夷派の思いは十分遂げられると思うのです」

津田は自ら頷きながら、まくしたてた。

「津田君、君自身が斬り込むのか」

「そうです。前田さんと大河内君には周囲で見守ってもらいます。二人が大勢の見物人をかき分けて車列に近づくのは無理でしょう。私の襲撃が失敗したら、その時こそ、二の矢、三の矢の攻撃をしてもらいたいので」

「なるほど、そういう手筈か」

「ただ、われわれの義挙を広く知らしめるためには、やはり現場に御大将の旗印が必要です。そのために、十一日にぜひ永倉先生にも大津までお越し願いたい」

「大津に行くのは容易なことだが……。で、儂は何をするのだ」

「先生こそただ見守ってくれるだけでいい。実際の決起に何も加わってくださる必要はありません。攘夷の志を同じくする御大将がそばにいるだけで、われわれは心強い。なあ、そうであろう、前田さん、大河内君」

前田も大河内も、注がれた茶碗酒も飲まず、津田の計画に聞き入り、そして相槌を打った。

「相分かった。では、当日、儂も大津に参ろう。遠くから見守っていよう。新選組にとっても西郷は仇敵。もし西郷が生き延びていて、攘夷を裏切って、洋人の手先になっているとしたら、是非もない。彼の首が討たれるのをじっくり見物しようではないか」

「決起には決起文が必要です。私が原文を置きますから、永倉先生にはぜひ目を通していただきたい。できれば、それを基に清書していただきたい」

前田が新たな頼み事を言い出した。

「それも承知した」

「では、私が早速書いて、こちらに届けましょう」

しかし、その決起文は、事件の起きた十一日前日になっても新八のところには届かなかった。三人で起草したか、あるいは書くのを取りやめたのか。

決起は事実上、新八の存在を抜きに進められていく様相を見せていた。

五

尾上小亀は、「椎葉屋」喜三郎との逢瀬を楽しんだ翌日、稽古のために難波八坂神社近くの尾上梅昇宅を訪れた。そこで座長から「大事な話がある」と告げられ、応接間に通された。

梅昇はいつにもなく厳粛な顔をして小亀を見つめた。

「あんなあ、小亀。聞いて驚きなさるなよ……」と語り始めた梅昇の話は、小亀にとって驚きというより、衝撃であった。

自身の身上に関して、今までの固定概念をすべて突き崩すものであったからだ。

梅昇は、小亀の実の両親が新選組の永倉新八と島原の芸妓小常であること、新八がお貞さんに託した赤い巾着の話、新八が戊辰の役に出る前に乳母が連れてきて磯と涙の別れをした模様なども説明した。

小亀にとって実の両親のこと以上に、一番の衝撃だったのは、岡田貞子が乳母として育てていた磯を、はやり風邪で亡くなった実子伊都にすり替えてしまったことだった。

実は、貞子はその前に小駒から頼まれ、もう一人の娘をもらい受け、育てたと梅昇に告げている。

貞子は「妹（小常）から『義理ある人の娘ですさかい、ぜひ磯と一緒によしなに』と頼まれたんや」と小駒から聞いている。（育てるなら二人も三人も一緒）という鷹揚なところがあり、引き取った。それが吉だった。

貞子は磯をずっと祇園で身辺に置き、吉の方はしばらくして鹿ケ谷の実家の方に託した。

新八から譲り受けた五十両があったし、小駒からも実妹の子供だけに相当のお世話代が支給されていた。

それに引き換え、吉は小駒から預かったとはいえ、母親は行方不明だし、父親がだれかも分からない、みなしご同然。貞子の心の中には、二人の娘の扱いに違いが生じたのも無理はない。

実の娘を亡くしたあと、貞子は磯を実の娘のように思い込み、周囲にもそう吹聴した。

祇園で一緒にいた実子を亡くしたことは、鹿ケ谷にいる両親にも伝えにくかった。そこで、死んだのは磯の方だと報告した。はやり風邪で死んだのは、実の娘でなく、芸妓から預かった磯の方だと言い張った。

嘘も百回言うと真実となる。貞子の頭の中では、生きているのが伊都で、死んだのが磯という思いで凝り固まった。鹿ケ谷からそう遠くない小寺にある実の娘の墓標にも「永倉磯」と書かせた。

小駒にしても、吉は、実妹の子である磯と違って血のつながりがないだけに、それほど親身の感情は湧かなかったようだ。お貞さんに養育を頼んで、お貞さんも吉を父母に任せきりにした。

（お母ちゃんやばばさまの私への態度は伊都姉とは違う。自分は実子ではないのかも知れない）と幼少のころから吉も薄々感じ、しばらくしてそれが確信となった。

それでも、吉は「伊都」姉を慕い、仲が良かった。「伊都」が貞子に連れられて鹿ケ谷の実家に来ると、一緒になってよく遊んだ。お弾きをしたり、白川で魚採りをしたり。「伊都」が芸妓の稽古で覚えた踊りを教えたこともあった。

小亀は自分は岡田貞子の娘伊都であると思い込んで育った。極々幼少のころの、母親が「この子の父親は戦で死んでしまったのだろうか。音沙汰ないなあ」などと話していたことを微かに覚えているが、それは自分でなく妹吉のことではないかとも思っていた。

貞子の夫は、薬問屋の手代だった。羽振りが良かったころに店のご主人とともに祇園に来て遊んでいた。と言っても、芸妓を侍らしたのは店のご主人だけで、貞子の夫はご主人を待つ間、別室で小膳を前にちびりちびりと酒を飲むだけだった。

そこで仲居として給仕していた貞子と知り合い、懇ろになった。祇園近くに同居し、しばらくして伊都が生れ、同時に磯を引き取って乳を与えた。

貞子の夫は御一新のあとも祇園で一緒に暮らしていたのだが、明治五年（一八七二年）ごろに他界した。酒の呑み過ぎが原因だと小亀は聞いている。

物心がついたころの小亀にもこの「父親」の記憶はある。不思議なことにその中で、父親から強い愛情を受けた思い出はない。なぜかよそよそしかった。

「この子の父親は死んでしまったのか」という母の言葉や、商家の手代をしていた「父親」のこと、妹吉の本当のこと。母親に聞きたいことが数多かったが、真実を知る母親は、自分が尾上梅昇一座に入ったあとに死んでしまった。

いつでも話が聞けると思っていた人はいなくなってしまったので、取り返しがつかない。もっと話を聞いておくべきだったと小亀は後悔している。

ともかく、岡田貞子が残し、梅昇に託した赤い巾着と、「将来東京に連れて行ってやってほしい」と梅昇に依頼したことは、小亀が小常という芸妓と新選組隊士の永倉新八の娘であることを動かし難いものにした。

梅昇は諭すように話す。

「このことを今までお前に話さなかったんは、お前がどういう素性の者かはどうでもいいこと。それより尾上小亀という素晴らしい女芸人として育ってほしいとずっと思っていたからや。なぜこれまで真実を知らせてくれなかったんだと怒るんやったら、今、謝る。でも、杉村様がこちらに来るまで、そんな気持ちもなかったし、機会もなかった。それは分かるやろ」

小亀には直ぐに返す言葉がなかった。

「此度、杉村様がわざわざ東京から京都に娘を捜しに来た以上、儂は事実を告げる義務がある。杉村様に、そしてお前にも。驚いたであろうが、儂はお前の育ての親岡田貞子から聞いたのだから間違ない」

「あの杉村様が私の父様……」

　小亀は唖然として、新たな状況を受け入れ難かった。

「そうや、実子なんや。杉村様は今、姓名を変えているが、本来は永倉新八という新選組二番隊の隊長さん。幕末の京に名を馳せた凄腕の剣客なんや。だから、お前のもともとの名は岡田伊都でなく、永倉磯なんや」

　思い起こせば、幼き日々、貞子の夫で商家の手代をしていた「父親」は普段は店の方で寝起きし、たまに祇園や鹿ケ谷の自宅に帰ってきただけだった。伊都や吉に簡単な土産は買ってくるが、二人と親しく話すこともなく、笑顔を見せることもなく、何かよそよそしかった。実の父でなければ、それも自然のことだったのだろう。

　小亀自身には、（父親というのはひげ面で無精ひげの痛さを与えてくれるもの）という印象が漠然とあった。それは、乳飲み子で覚えはないが、あの不動堂村の別れが幼児に無意識の記憶を刻んでしまったのかも知れない。

「杉村様は今、どちらに」

「今、天王寺茶臼山下の牧田玄斎道場に居候してはる。乳飲み子のときに別れたのだから、実感できへんのは仕方ないと思うけど、事実は一つや。血のつながっている父親に直ぐに会いにいってあげなさい。そして、本当の父親に甘えたらどうや」

「分かりました。実の父親ということであれば会いたいし、それ以上に血を分けた母親がどないな人かも聞いてみたくなりました。これから早速、茶臼山下まで参ります」

六

「椎葉屋」の住吉喜三郎は京都に戻って、大阪米市場で一緒に売り買いをしている京都組の仲間うちで会合を持っていた。

場所は四条通りに近い錦市場の茶店だ。本来は、頭領格の喜三郎の屋敷内で会合を持つのが筋なのであろうが、喜三郎は婿養子。家付きのご内儀は夫の相場師ぶりに良い感情を抱いていないので、喜三郎も遠慮せざるを得なかった。

茶店に集まったのは、喜三郎のほか、西陣の呉服商「吉川」、「佐原鶴之助商店」の二人の若主人だ。二人とも日本茶でなく、中国から輸入されたコーヒーを所望していた。
三、四年前にすでにコーヒー専門店が東京で開業し、普及の気配を示していたが、京都ではまだ稀有の存在だった。
「それにしても、喜三郎はん。大阪組は全然買いに入らんと、売りばっかりどしたな」

「吉川」の宗右衛門が口火を切った。

彼は、つい最近、父親から身代を譲られたばかりで、懐具合にゆとりがあったし、事実、先日の堂島で、北陸、山陰米の米切手買いにはかなり宗右衛門の資金が投入された。

六尺を超す大男で、目鼻立ちも涼し気な好男子だった。

「そうや、二日にわたって連中は売りばっかりや。今夏の天候安定に相当自信を持っている様子やった」

佐原商店の蜷川利助が宗右衛門の言葉を引き継いだ。

こちらは背が低く、しかも太り気味の体形で、まだそれほど暑くもないのに、盛んに扇子を動かし、胸元に風を送っていた。

北陸米に続いた山陰米でも大阪・前田組の売り、京都組の買いが続いた。

「確かにそうやな。連中、確固たる天気屋さんをつかんでいるようにも見える。こう売りばかりが出ると、こちらの予想も揺らいでしまうな」

利助が若干弱気な言葉を吐いた。

「確か、喜三郎はん、あなたのお友達の尾上小亀が前田らの大阪組の酒席に呼ばれた際、『今夏、天候は安定する』と吹聴したと言うてたな。売りばかり出るのは、連中が小亀の話を信じたからではないのんか」

宗右衛門は小亀を使った策が当たったのだと言いたげだった。

「そうや、小亀には頑張ってもろた。もし、天候安定という小亀の話を信じ、実際は逆の荒れた天気になればわれわれは大儲けできる。そうなれば、小亀は大殊勲者であり、相当の謝礼を出さねばなりませんな」

喜三郎は、小亀と初めて結ばれ、その柔らかな肌を思い出しながら、利助の不安を払拭するように陽気な声を出した。

「でも、心配だ。大阪組もそれほど暢気でもなかろう。今夏の天候で彼らは彼らなりに何らかの根拠をつかんだのかも知れない」

利助が苦々しい顔をしてコーヒーをすすった。

「喜三郎さん、それなら、買い進めた米切手の一部をちょっと売りに出して様子をみたらどうやろか。安くなった米切手を買いに出たら、まだ連中も天候に確たる根拠を持っていないとも言えるだろう」

宗右衛門が新たな提案をした。

「それもそうやな。明日の堂島でちょっと様子をみてみようか」

京都の相場師たちには、まだ今夏の天候が荒れるという思いが消えていない。その思い込みが一番強かったのが喜三郎だった。

七

「お前は今、どうなんだ。暮らしぶりは」

老人は朴訥に聞くが、娘はうつむいたままで返事をしない。

「満ち足りているのか、幸せなのか」

率直な聞き方過ぎて、娘は返事に困っている。でも、血が通っていると思うと、その言葉で胸に込み上げてくるものがあった。

晴天ながら、淀川の川面に涼し気な風が吹いていた。初夏には似合わず西風で、川面に波も立っていた。堂島の桟橋から漕ぎだしたが、かもめが数羽、空に舞っている。京都への上り船なので船足は遅い。

木綿の綿入れにカルサン袴を穿いた老人と、あでやかな緋色の地に花柄模様が入った和服を着ている若い女性の二人が屋形船に乗っている。

二人はどことなくぎこちなく、話が弾まない空気が船内に流れていた。

老人は桟橋を離れてから、ずっとキセルに火を点け放しだった。

でも久しぶりに会って話さずにはいられない。話が弾まないのでなく、老人は何に焦点を当てて話していいのか、分からないのだ。

船に乗っているのは、東京からはるばる娘を訪ねてきた永倉新八と、その娘の尾上小亀。すなわち父親からすれば永倉磯、育ての家からすれば岡田伊都という名でもある。

小亀は師匠の尾上梅昇から生い立ちを説明されて一応納得した。しかし、本心では半信半疑で、会うことに迷いがなかったわけではない。

でも、（血の通った本当の父親だったら会いたい。まして、東京の人で、すぐにでも帰ってしまう人かも知れないのなら）とは思った。

あの日、師匠の家からすぐに天王寺茶臼山下の牧田玄斎道場に向かった。玄関で訪いを告げる時にも言葉が震えた。

「あの、ここに杉村義衛様はおられますか」

出てきたのは、住み込みの門弟だった。

「師範格なら、いてはりますよ。今、来客があって自室にいてます」

「そうですか、尾上小亀と申します、お会いしたいと伝えていただけますか」

「分かりました。しばらくお待ちを」

門弟は奥に下がった。

玄関で待つと、そこに奥から出てきたのは、前田源之助、津田三蔵、大河内多聞ら三人だった。前日に続き、この日も新八のところを訪れていたのだ。

「あれ、相場師の前田様ではありませんか。尾上梅昇一座の尾上小亀です。いつぞやは失礼いたしました」

「ほう、確かに小亀殿。何故、ここに来たのか」

「前田様こそ、どうして。……私はここに人を訪ねて参りました」

「さて、訪ね人とはたれぞ」

「前田様には関わりないと存じますが、杉村義衛様という方です」

「杉村？」

前田は頭を巡らして、またの名を思い出した。

「それは永倉新八殿のことかな」

「昔はそのような名であったようです」

「今、儂がちょうど会ってきたところぞ、小亀殿。奇遇だ。何用だ」

「そうでしたか、なぜ、前田様は杉村様とお知り合いなのですか」

新しい攘夷の決起仲間だとも言えないので、「いや、儂も昔武家で、剣術もする。剣術仲間として少しばかり杉村殿を存じ上げておる」と言葉を濁した。

小亀は、それ以上二人の関係には踏み込まず、「お知り合いなら、ご一緒していただけませんか」と頼んだ。

小亀は独りで会うことにはちょっと躊躇《ためら》いがあったのだ。知らないところで知人と会ったことがこれ幸い。嬉しく、少し心強くなった。

前田は他の二人を帰らせたあと、小亀の求めに応じて居候部屋に向かった。

「杉村様、前田です。よろしいですか」

「ほう、話はまだ何かあったのか」

「いや、今、偶然玄関で旧知の者に会いまして、杉村様に会いたいと言うので、一緒に参りました。開けてよろしいか」

諾の返事を聞くや否や、前田は障子を開けた。

新八は煙草を吸っていたが、小亀がいるのを見て、心が高ぶった。

「小亀さんだな」

「はい」

「梅昇殿から聞いてくれたか、儂のこと」

「はい、聞きました。いまだに信じられませんが、師匠が嘘をつくわけがなく、杉村様が私のお父様であることを信じるしかありません」

最初の言葉にしては随分と失礼な言い回しであった。

けれど、新八は長い間、放っておいたという後ろめたさがあるので、ぶしつけな言い方も受け入れた。

驚きを見せたのは、一緒に来た前田だった。

(永倉新八が小亀の父親？　それはいったいどういうことか。でも、娘を捜しにきたということは聞いていたが……まさか小亀がその娘子とは)

新八は前田の驚きの様子など関心を持たず、まっすぐに小亀に向かった。

「まだ胸の内では整理が尽きかねていると思う。でも、お前が儂の子供であることは動かしようもない」

「はい。そう思っております」

新八は立ち上がって小亀の傍に寄り、手を取った。

「よく生きていてくれたな、磯。鳥羽伏見で敵と渡り合っている時も、江戸に帰ってからも、お前のことはずっと忘れたことはなかった。だから、東京から京都まで鉄道が通ったので、会いに来た」

「………」

「お前は、小常に瓜二つだ。小常とはお前の母上じゃ、綺麗で賢くて、健気であった。お前も母上のすべてを引き継いでいる、そうであろう。京都で最初に会った時から、儂はそう思っていた」

「私の母様《かか》？」

「そうだ、誠に儂を慕い、尽くしてくれた良い連れ合いじゃった。お前もそういう女子であろう」

新八は体が震えてきて、小亀の肩に手を掛け、そして抱き寄せた。

小亀は新八の涙を見て、これは覆しようもない事実なのだと分かった。

「お父様《とう》」

短くささやいた。

「そうだ、お前の父だ」

「お父様」

「お父様なんて、呼ぶな。お前はれっきとした武家の子ぞ。松前藩江戸定府役、百五十石取り永倉家の娘ぞ。父上と呼びなさい」

新八は少し口を尖らせて言った。

「父上様。お会いできて、伊都は嬉しゅうございます」

「伊都ではない、磯だ、お前の名は」

「はい」

新八は、小亀の手を取ってあごに触らせた。無精ひげが残っている。

「お前、このひげの痛さを覚えてないか。儂が戊辰の戦《いくさ》に出る前に、乳飲み子のお前に会い、最後に頬ずりした時に、お前はひげの痛さに泣いたんだ」

「………………」

「覚えているわけないか。乳飲み子に記憶なんてあるわけないしな」

新八にそう決めつけられてしまったが、実は小亀にも微かに痛さの思い出はあった。いや思い出というより、幼子の皮膚に残された実感かも知れない。

新八は攘夷行動の見分のため、近く大津に行くと前田らに告げてある。

そこで、新八は「京都で改めて墓参りがしたいのだ」と小亀に言って、京都まで同行するよう誘った。

八

五月十日、新八と小亀を乗せた船が大阪から淀川を遡って京都に向かっていた。船は三十石船でなく、加子二人が竿をさす十石船だ。

川の流れに逆らうので船足はゆっくり。

川辺の葦の上では、船と競うようにヨシキリが舞っていた。

「お父様、いや父上。実は幼きころ、祇園の小駒おばさまに微かにこんなことを言われた記憶があります。もうほとんど忘れてしまったことですが、今回、父上にお会いして微かに思い出しました。それは、『あなたは、京都を守った誇り高い武士の子や』って。でも、当時、私は武士って何か分かりもしませんでしたし、母親、岡田貞子との関係も呑み込めませんでした」

「そうか」

新八は新選組にいた京での生活をかいつまんで話したあと、小常と会った時のことを語り始めた。

「で、父上、実母の小常さんってどういう人でしたか」

「顔立ちは今のお前にそっくり。口数は少なく、儂には従順で、健気であった。産後の肥立ちが悪くて、お前を産んだ後、間もなくして亡くなってしまった。二十歳をわずかに過ぎたばかりのころだったか……。儂は隊務が忙しかったので、家に戻らず、幼子のお前を抱えて無理をしたのだろう。儂が傍にいてやれば、あるいは生きていたかも知れない。悪いことをした」

「父上は、母親を好いておられたのですか」

「もちろんじゃ。慶応三年の年明けに儂は仲間と島原に流連《いつづけ》たことがあるが、その時に宴席に呼んだのも小常だ。彼女の腹にはもうお前がいたのだ。だから、正式に妻にしようと思い、ささやかな婚礼もした」

「………」

「三月には弁当を持って花見にも行った。お前の母様のお腹はかなり目立っておったが、北山の満開の桜を見て嬉しそうにしてな。散っていた花びらを掬っては空に投げて無邪気にはしゃいでおった。まるで子供のようにな」

「母様がそんな無邪気に」

「こちらは隊務が忙しくあまり相手ができなかったので、たまに二人きりになると喜んだ。京では海の魚など食べられなかったが、そんな時は鯖を買い込んで待っていてくれた。鯖は若狭から来るが、実は若狭は小常の古里で、本人にも懐かしい食べ物だったのだ」

「……母様は若狭の生れですか」

「そうだ。といっても儂も若狭がどういうところかよく分からないが、小常はそう申しておった。若狭の漁村の生れらしい。お前の名を磯としたのも彼女だ。幼いころ遊んだ磯辺が記憶の中に鮮やかに残っていたからであろう。儂は、武家の子らしい名ではないと言ったが、聞かなかった。乳飲み子のお前を磯と呼ぶことで古里の父母、風景をかすかに思い出していたのではないか。恐らく年端もいかないころ、両親と別れ、女衒に連れられて京に上ってきたのであろう」

と言って、新八は暗い顔になった。

「寂しい話をしたのでついでに言うが、……実はこんなことがあった。一月の末ごろ、京に雪が降ったのだ。一寸ほど積もったであろうか。で、儂は早々に隊務を切り上げて休憩所に戻った。すると、家の玄関の前で一人の女が蹲っているのだ。良くよく見ると小常だった。雪面の上に腹を突き出し、手にも雪を持ち、それを腰の辺りに振り撒いていた。『お前、何をしている』と言うと、小常は返事をしなかった。ただただ、悲しい顔をしてこちらを見ていた。儂は『馬鹿なことは止めろ』と言いながら、小常を抱きかかえて部屋の中に運んだんだ」

小亀はすぐに事情が呑み込めた。

「母様は腹の子を流そうとしたのですね」

「どうもそのようだ。『なぜだ』と儂が問い詰めると、ぼそぼそと話し出した。『ややこができたら、あなたは子供が心配で立派な働きができなくなるでしょう』と言うのだ。確かに、そういうことは考えられる。われわれは隊務で敵と相対し、斬り合う時、いったんは死地に入る。生に未練があると後れを取る場合があるんだ。小常は女ながらも、そんなことを理解していたんだろうな」

「それで、父上は何と話されたのですか」

「『お前の腹の子は儂の子供ぞ。松前藩江戸定府役、永倉家の跡取りなんだぞ。勝手な真似をするな』―本音を言えば、儂はそう怒鳴りたかった。だが、小常が儂を心配してそういう行動に出た健気な気持ちを思うと、怒鳴れなかった。ただただ、小常を抱き締め、『分かった。分かった。心配するな。永倉新八の剣はそんなに柔《やわ》ではない。儂はずっとお前とややこと一緒にいる』と言ってひたすら慰めたんだ」

小亀にとってその話は自分の生死に関わったことだけに、切実感があった。

「そうでしたか。……母様がその時、雪の中にずっといたら、私は生れていなかったわけですね。父上は私の命の恩人だったんですね」

「結果としては、そういうことになるな」

新八の表情は若干明るさを戻した。

「でも、母様は私を産んだあと、体を害し、亡くなってしまったんですね。私が母様の命を奪ってしまったようで、本当に申し訳なくて」

「それは仕方のないこと。人が病になること、死ぬことは如何ともしがたい。お前が母様の身代わりとなって生き、成長し、そして今、上方の大女優になっている。天上の母様もそのことに満足しておろう、きっと」

「そうでしょうか。……そう思うしかありませんね」

小亀はそう言うと、滂沱《ぼうだ》の涙を流した。そして、

「母様、ありがとう。母様の御恩は磯、終生忘れません」

と空に向かって手を合わせながらつぶやいた。

「幕末の混乱で儂も生死の狭間をさまよい、奇しくも生き残った。それも天命

だ」

「………」

「もし、お前ら親子が京都で生きていると知ったら、真っ先にここに戻ったことであろう。だが、小常は死んでしまい、お前の消息はつかめない。というより、京のことなど知ることもできなかった」

新八は、さまざまな事情があって東京で松前藩の藩医の娘と結婚し、北海道で所帯を持ったことも話した。

「儂も生きるのが精いっぱいだった。なんせ、今の薩長の世の中では、儂は幕府方の敵《かたき》だからな、良い思いはできない。お前のことが気がかりだったが、京都に来るなんて、とても無理だった」

「よく分かります。私は岡田家の長女伊都の身代わりとしてしっかりと育てていただきました。苦労はありません。幸せでした。岡田の父親は外にいてあまり記憶はないのですが、母親とは祇園でずっと一緒で、可愛がられました。たいへん感謝しています」

「そうか、それは良かった。安心した。これで儂も今後、後悔することはなさそうだ」

話が一息付くと、小亀は小袋に入れてきた徳利と杯を取り出した。

「父上、伏見まではまだだいぶありますから、これでも召し上がってください」

「おう、よく気が利くな。体も温まりそうだ」

初夏とはいえ、早朝の川面は冷える。

「どうだ、お前も一緒に飲まんか」

新八は小亀の酌を受けたあと、徳利を取って小亀の杯にも酒を満たした。

親娘だから、もう言葉は要らないんだと二人とも思った。

杯を持ち上げて、目線を合わせると、二人は微かにほほ笑んだ。

第七章　大津事件

一

明治二十四年（一八九一年）五月十一日早朝、来日中のロシア帝国の皇太子ニコライは、京都から滋賀県大津まで日帰り旅行に出るため、宿舎の常盤ホテル玄関で狭い馬車に大柄な体を沈めた。

馬車の向かいには皇族の一人である有栖川宮威仁親王が接待役として座った。

「ニコライ殿下、京都は十分楽しめましたか」

馬車がホテルを出発して間もなく、威仁親王が話しかけた。

親王はニコライが神戸に上陸したあと、京都の見物を含めてずっと随行していたが、今になってやっと気さくに声がかけられるようになった。

「プリンス・タケヒト、貴公の心配りに感謝しています。京都は街並みがきれいだし、女性の着物姿も美しいですね。山で日本文字の火が焚かれたイベントも良かったよ」

政府はニコライ皇太子への歓迎の意を尽くすために、わざわざ五月のこの時に東山、北山で五山の送り火を焚かせた。五山の送り火は本来八月のお盆の時に行われるものだが、異例の時期外れの催しとなった。

「お気に召していただければ、幸甚です。五山の送り火は日本の伝統が詰まった、京都の夏には欠かせない行事です。今回は殿下に喜んでいただこうと、特別に挙行しました」

威仁親王は、時期の変更があったことを明らかにし、日本政府がロシアに特別の敬意を払い、最大限の歓迎態勢で臨んでいることを匂わせた。

ニコライ皇太子が極東に赴いたのは、ウラジオストックで開催されるシベリア鉄道の極東地区起工式に出席するためだ。この鉄道は、ロシアの欧州部とアジア部を連接させる大動脈になると、国の内外から関心が集まっていた。

特に、西洋列強は、ロシアがこの鉄道建設を契機に、今後アジア進出を加速させるのではないかと注目している。それだけに、ロシア政府もロイヤルファミリーを式典に出席させ、ことさら重視する姿勢を見せようとしたのだ。

日本にとって、シベリア鉄道の全線開通は欧州への陸路が確保される点で喜ばしいことだが、逆に、欧州方面にいるロシアの正規軍がいったん極東で事が起こったときにすぐに駆け付けられるという面を考えれば、好ましいことではない。ニコライは、首都サンクトペテルベルグから陸路ギリシャに向かい、当地で黒海から回送されてきた御召艦「パーミャチ・アゾーバ」号に乗船。地中海、インド洋を経て南シナ、東シナ海に入り、清国の広東、上海などを経て、四月二十七日、長崎に上陸した。

皇太子一行には、デンマーク王家出身であるニコライの母方の従弟に当たるギリシャ王国のゲオルギオス王子も加わっていた。

ニコライが東洋への長旅の中で、最も関心を寄せていた訪問地は日本だった。

女性の着物姿にあこがれていたからだとも言われる。

そのため、最初の上陸地となった長崎では五月四日まで滞在、お忍びで丸山遊郭なども訪ねていた。

長崎のあと鹿児島に立ち寄り、瀬戸内海路をたどって、九日に神戸に着岸。列車で直ちに京都に向かった。

古都京都の美しさはロシアでも知られており、ニコライが「是非に」と訪問を希望したところであった。

この時期、ロシア帝国は西方のユーラシア大陸に横たわる不気味な大国であり、極東シベリアや清朝中国の北部に進出してきていることは日本にも広く知られていた。政府はその影におびえ、かの国の動向に注視していた。

明治六年（一八七三年）に日本政府内部であった征韓論争も、ロシアが朝鮮半島の李王朝の内政に介入していることから、（いつか我が国にも侵略の手を伸ばしてくるのではないか）との懸念から、朝鮮を何とかしなくてはならないという思いが背景にあった。

その大国の皇太子が来るとなれば、大歓迎をしなければならない。特に、将来の皇帝になる人であるならば、最大限にご機嫌を取らなくてはならない。事実、この三年後にニコライはロマノフ朝第十四代皇帝に即位している。

そのために、明治政府の中の有力皇族である有栖川宮家の威仁親王に接待役を務めてもらった。

威仁親王は英国のグリニッジ海軍大学校に留学しているので英語が分かるし、西洋式の生活習慣、付き合い方にも慣れている。ニコライは英国王室とも姻戚関係にあり、もちろん素養として英語を学んでいるので、二人は直に話せた。

「閣下はどうして琵琶湖をご覧になりたいと思われたのですか」

ニコライは、京都で御所、東西本願寺などを回って、公家の蹴鞠なども見物した。ただ、こうした寺社仏閣回りだけでは足りず、自然にも触れたいとの要望を出していた。

そこで、日本側は、京都に一番近い自然ということで琵琶湖周遊を提案した。ニコライに「否や」はなかった。日本最大の湖と言われる琵琶湖を見ておきたかったからだ。

「琵琶湖は大きな湖と聞いています。我が国のシベリアにもバイカル湖という美しい湖がありますが……」

シベリアのバイカル湖は、水が透明で華麗な湖と言われるが、ニコライは見たことがない。今回の極東訪問のあとの帰りがシベリア経由であるならば、バイカル湖が見られる可能性もあり、そうであれば、琵琶湖を見ておけば、湖の大きさや周りの景色も比べられる。

馬車は京都市内の四条の外れ、蹴上から東山の峠越えをし、山科に入った。街道の銀杏並木が鮮やかな緑色に色づいていた。

そこから大津に近づくと、眼前に琵琶湖の湖面が見えてくる。

威仁親王が手をかざし、「殿下、琵琶湖が見えましたぞ」と声を掛けた。

ニコライは、それほど感動したふうも見せず、遠くに見える湖の水平線をずっと眺めていた。

一行は大津市内に入り、県庁前で馬車から人力車に乗り換えた。天気は良かったし、人力車の方が景観を満喫できるだろうという日本側の配慮であった。

朝早くから県庁前に綱が張られ、邏卒が多くたむろしていたので、周りには「何事か」と人垣ができている。多くは異国人が来るとは思っていなかっただろう。

馬車が来て、洋人が姿を見せると、周囲から「オー」という驚きの声が上がった。

ニコライらが乗った黒色漆塗りの人力は一人乗りで、椅子の上には分厚い座布団があった。

紺色の印半纏に脚絆姿の車夫（車引き）が「では、出発いたします」と言うと、背広姿のニコライは意味が分かるわけでもないのに、「オーケー」とこたえ、背もたれに倒れた。

車夫は「あらよっと」と大声を上げる。同時に梶棒を左右の手で前後ろに持ってつま先立ちした。

二

この前日の五月十日夕、永倉新八は津田三蔵、前田源之助、大河内多聞と大津の瀬田の唐橋に近い旅館で落ち合った。決起前の最後の打ち合わせのためだ。

旅館の縁側から、夜陰に沈みつつある琵琶湖が一望できる。夕陽が広く湖面を照らし出し、波がその光をせわしく揺らしていた。

新八は、大阪で実の娘に巡り合ったことを改めて三人に伝えた。

「津田君が襲撃する現場には行くが、あくまで表には出ず、見守るだけにしたい。儂は今さら命を惜しむわけではない。だが、よくよく考えて、旧新選組残党がしゃしゃり出たら、今ではひっそりと生き続ける多くの旧幕臣を傷つけてしまい、立場を悪くしてしまう恐れがあるかも知れぬと、かように思ったのだ」

三人はすでにそれを承知していて新八の申し出を「諒」とした。決起文からも新八の名を外したことを明らかにした。

もちろん、新八が二十年余捜していた娘にせっかく邂逅したのに、その当の父親が直ぐに獄につながれてしまうのではあまりにも切なすぎると判断したこともある。

「ところで、津田君。子細の計画はできたのか」

前田が聞いた。

酒も肴もなく、部屋にはぬるめの番茶があるだけだ。前田は茶碗に注がれた番茶に口を付けながら聞いた。

「私は今、県警の守山署に在勤していますが、守山署の私らの警備配置は三井寺周辺に決まりました。……この寺には、西南の役で戦死した大津第九連隊の四百四十一人の英霊が祀られており、記念塔も建っています。ニコライ皇太子一行はこの寺も参観するようです。もし、西郷隆盛が同行してここに来るなら、奴への襲撃場所として最もふさわしいところとなりましょう。西南の役で倒れた英霊の恨みも籠る場ですから。これは天の配剤です」

三井寺の正式名称は「長等山園城寺《おんじょうじ》」。壬申の乱で敗れて自害した大友皇子の子大友与多王によって創建されたと言われ、千年以上の歴史を持つ。天智、天武、持統の三天皇の産湯に用いられたとされる井戸があったことから、もともとは「御井《みい》の寺」と言われたが、後に三井寺となった。天台寺門宗の総本山でもある。

「天の配剤か、なるほどな」

　前田は感心して頷いたが、大河内が横やりを入れた。

「津田さん、その西郷の件だ。世評ではニコライに随行してきたと専らの噂だが、私が各所から聞いた限りではどうやら皇太子一行には入っていないようですよ」

「それはいかなる情報ぞ」

　前田がたたみかけた。

「薩摩の地元の新聞では今、西郷帰還説がかなり流布されているそうです。でも、それは西郷に生きていて欲しいという希望的な観測に過ぎない。彼は本当に城山で戦死している。私が親しくしている薩摩や土佐の旧士族の中にも、津田さんと同じように西南の役に参加した者がいて、西郷の首級を見た、あるいは見たと伝聞で聞いていると話していた。生存説を信じていない」

　大河内の言葉に、津田は十分には納得していない。

「いずれにしても明日には分かることだ。もし、西郷がいないのであれば、その時は是非もない。毛人でも誰でも良い、皇太子一行の一人を血祭りに上げて攘夷の意思を天下に示したい」

「では、われわれはどうすれば良い？」

前田の質問に、津田が黙った。

番茶を飲み干し、一呼吸入れるように言った。

「前田さんも大河内君も警備区域に近づくのは無理だ。永倉さんと同様に近くで、私の行動を見守って欲しい」

「それはどういうことだ」

「決起はあくまで私一人でする」

意外な申し出だった。

「それでは、今まで計画を練ってきた仲間、同志とは言えないではないか」

前田が目を吊り上げて迫った。

「いや、前田さん。これまで私の攘夷の意思を聞いていただき、それに賛同し、そして決起に加わる約束までしていただいた。それで十分です。十分な同志です」

前田は沈黙した。実際、すぐに返す言葉がなかったのだ。

「前田さんは相場師として多くの商人の先導役になっているのでしょう。ならば、前田さんがいなくなれば、お仲間は途方に暮れましょう。……もしこれから、相場で大儲けできたなら、腰の据わった政治家に献金してください。不平等条約の改正のために一生懸命尽力するような政治家に。実を言えば、その方が、今毛人に危害を加えるより、はるかに攘夷の実が上がると思います」

津田はさらに大河内の方に顔を向けた。

「大河内君はまだ若く、前途洋々だ。今、ここで将来の可能性を断ち切ることはない。しかも、正直に言えば、今はもう暴力に訴える時代ではないのだろう。君は新聞という媒体を使って政府を批判し、動かすような存在になって欲しい。それも立派な攘夷行動だからな。古めかしい暴力の決起は私一人で十分だ」

大河内も黙った。頭を巡らし、返す言葉を探っている。

「永倉先生はじめお三方には、私の攘夷の決意を聞いていただき、なおかつ賛同もいただいた。それで十分だ。諸兄に面倒をかけたくない。最後は一人でやりたいとずっと考えていた。ただ、私の思いを、行動の意味を誰かに知ってもらい、見届けて欲しかった。それだけだ。それ以上、望むことはない」

実は、津田三蔵にとって、一人でニコライ一行を襲いたいもう一つの理由があった。

それは、三人の仲間には告げられないこと。大河内は西郷隆盛が一行に加わっていないと言うが、もし加わっていたら、個人的な怨嗟で西郷を懲らしめたいと思ったのだ。

明治帝は二年前の明治二十二年（一八八九年）に刑事犯としての西郷に恩赦を与えたばかりでなく、逆に、昨今、西郷可愛さに西南の役に加わった軍人たちの勲章をも取り上げるというような噂が飛んでいる。

幼少期で幕末の戦争に加われなかった津田にとって、西南の役への参加は青春時代の貴重な一時期を捧げた大きな経験だ。鉄砲傷を受けて、左手は少し不自由になったが、勲章を得た。津田にとって、今まで生きてきた支えとなったのがこの勲七等の勲章なのだ。

だから、(西郷への評価が変わって、今さら、勲章を取り上げられたらたまらない。儂の鉄砲傷が無駄なものになってしまう。今一度、幕末の尊王攘夷思想を世間に知らしめ、西南の役に参加した軍人は、攘夷を捨てた西郷を許せないということを帝に分かっていただきたい)との思いを津田は持っている。

まなじりを決した津田の様子を見て、三人は深い事情があるのだろうと察した。異議を唱えることはできなかった。

「相分かった、津田君。君の考えを『諒』としよう。明日、三井寺に行くが、遠くから君の行動を見届けるだけにする」

前田、大河内の沈黙を破るように、新八が話を引き取った。

それに続けて、前田も言う。

「儂も永倉さんの意見に同意する。君に任せたい。ただ、君がその場で斬られたりしたら、儂もしゃしゃり出るかも知れない。仲間と契りを結んだ以上、それは耐え難い。武士の一分もあるのだから」

「津田さん、私もそうします。いずれにせよ、明日は三井寺には行っている。津田さんの一人決起を見守りたい」

大河内も目を輝かせた。前田も大河内も津田の決意を受け入れて、心情的支援に切り替えることにした。

「ところで、永倉さん。新選組時代に数多くの斬り合いの場数を踏まれたと存じますが、最後に一つだけ教えてください」

津田は話題を変えた。

「人を斬る極意とは何でしょうか。私は西南の役で銃を持って戦いましたが、刀を振るって実際に人を殺傷するのは初めてです。攘夷決行に当たり、ぜひ新選組の剣客に改めてその点について伺っておきたい」

この質問に新八は「はっ」としたものの、驚きはない。久しぶりの言葉だったからだ。新選組時代には部下の若い隊士がそんなことを聞いてきた記憶がある。だから、言うことは決まっている。

「津田君。君が刀を鞘から抜いた以上、その時には死地に入ったということだ。つまり、自らも死ぬことを覚悟しなければならない。互いに刀を持っていた場合、こちらが相手を斬ろうと思ったら、体を寄せなければならないが、その分だけ自分も相手の間合いに入る。隙があれば、斬り殺されることにもなるのだ。その覚悟が必要だ。刀争とは死ぬことと見つけたりだ」

「しかと分かりました。私も覚悟を決めて臨みます」

津田三蔵は神妙に答えた。

三

琵琶湖周遊の日、ニコライ一行は、大津市内から西郊外に出て湖畔を回っていた。

湖面の向こうには鈴鹿山地の山並みが望め、その先の北東方には遠く伊吹山も見える。湖畔路にも散策の人がいて、警備の邏卒もいた。だが、散策の人には人力車にだれが乗っているのか知る由もない。行き過ぎた時にかすかに（洋人のようだ）との印象を持ったに過ぎない。

先頭の人力車にはニコライ、二番手にギリシャ王国のゲオルギオス王子、さらにそのあとに接待役の有栖川宮威仁親王、警備の車が続いた。いささか車間距離があり、車輪の響きが大きいため、一人乗り人力車の乗客同士で言葉を交わすことはできない。

すでに四里（約十六キロ）以上走っているが、車夫の足取りは軽い。あらかじめ、屈強な者をそろえていたのだ。

右手に湖面を見ながら人力車の一行は三井寺の山門、仁王門をくぐった。最初に向かった先は本堂で、しばしの休憩を取って貫主の話を聞いた。話は三井寺の謂れだが、ニコライらが興味を持ったようには見受けられなかった。一般道も入り込んだ境内は広い。徒歩ではとても回れないので、引き続き人力車を使った。

朝から（外交使節来訪、参観者注意）というお触れが出たためか、参拝客は何となく洋人が来ることが分かったので、結構な野次馬が境内を埋めていた。

午後、境内に綱が張られ、人力車だけを通す空間が作られた。

津田は西南の役記念塔の入り口付近の一般警備に配置された。

気負いはない。ただ、独り決起が手際よく進められるかどうかを考えていた。首尾よく完遂するためにはどうしたらよいか、そのことだけ、その手順だけを頭に巡らした。

（最初に来る西郷に対し、刃傷に及ぶ、それで所期の目的は達せられる。その後に続く、毛人どもには手出ししない）というのが手順だった。

西郷がいなかったら、あるいは洋人が先頭に来たらどうしようということは深く考えていない。その時は出たところ勝負、一番襲撃しやすい先頭車を襲うしかない。

津田が警備する張り綱の後方人垣の中には、新八、前田、大河内がすこしずつ離れて立っていた。

新八は着古しの羽織袴、二人は地味な色の洋装で、見物人の中に目立たないように紛れていた。ただ、三人とも、いざという時に備え仕込みのステッキを持っている。

「シャーシャー、ペタペタ、シャーシャー、ペタペタ」

遠くから、人力車の軋みと車夫の足音が聞こえてきた。

ニコライ一行が記念塔に近づいて来る。いずれの車夫も衰えを見せず、依然軽やかな足取りだ。

津田は、遠くに車列を見たときにも、(先頭は帽子を目深にかぶり、洋装をしているが、あの大男ぶりからして西郷に間違いない)と思った。

やがて車列は津田の目の前に来た。

車列を止めるしかない。両手を広げて先頭車の前に出た。

車夫が反射的に梶棒を上に持ち上げ、急停車した。

人力車の動きが止まると、同時に津田はサーベルを抜いて先頭車に近づき、車夫を突き飛ばした。

急に座席が下に傾くと、ニコライは前のめりになって必死にわきの棒につかまった。

その瞬間、津田は無防備な相手の肩口に、サーベルをたたきつけた。

「わっー」とニコライが叫んだ。

刃先はニコライの頭部に向かったが、座席が落ちたことで、瞬間、ニコライが左に傾いたため、幸い、頭部の直撃はなく、右耳上部に斬り込まれた。

一撃を受けたニコライは人力車から転げ落ちた。

「見たか、西郷」

津田は叫んだ。

まだ、西郷と錯覚しているのか。

ニコライは這いながら参道の人並みの中に逃れようとする。津田はそれを追って二太刀目を浴びせかけるために振りかぶった。

すぐ後ろの車に乗っていたゲオルギオス王子は「ニコライ」と絶叫した。

同時に、ニコライの車夫が津田の背後に回り、後ろから足をすくって押し倒した。

ゲオルギオス王子は京都の土産に竹の杖を買っていて、気に入ったので、ずっと携行していた。その杖で津田を一撃した。王子の車夫、警備の邏卒らもニコライのそばまで寄ってきて、多数で津田を取り押さえた。ニコライは絶体絶命の危機を脱した。

この時、津田も刃傷に及んだ相手が西郷でなく洋人であることを明確に認識した。

（西郷でなく洋人であったならば、致命傷を与えなくて良かった）ともかすかに思った。

津田の頭には、いささかなりにも外交問題に発展し、日本が苦境に陥ることを恐れる懸念が残っていたのだ。

ニコライはその場で応急手当てがなされたあと、馬車で大津市内の病院に運ばれた。津田は邏卒らによって連行された。この間、わずか十五分ほど。

新八ら三人は、現場がすぐに大勢の邏卒に囲まれたのを見て、何の手出しもできず、ただ警戒線の綱の向こうで見守るしかなかった。

「津田君、許せ。何の助力もできない」

まなじりを決せずずっと見守っていた前田が片手首を強く握りしめた。そして、小さな声を漏らす。

「良かったではないか。ともかく攘夷が決行できた。津田君も本望であったろう」

しばらくして、前田の声を引き取るように、新八がささやいた。

三人は現場の人込みからすぐに離れた。仕込みのステッキなど持っていることが分かったら、捕縛されかねないからだ。

四

三人はばらばらになって電車に乗り、夜の京都市内で再集合することを約した。今日の出来事を今一度振り返って今後のことを話し合うためだ。

再集合したのは、新八が来京以来泊まっていた西本願寺前の尾張屋近くにあり、馴染みにもなった居酒屋「呑みや」。入り口に大きな赤い提灯が飾られている古めかしい店だ。

三人は夜、この店で落ち合った。

酒、肴も出ないうちに大河内が小声で切り出した。

「どう見ても、津田さんが襲ったのはニコライ本人でしたね」

「津田君は『見たか、西郷』と叫んだが、手にかけたのは西郷でなく、明らかに洋人だった。ニコライ皇太子に相違ない」

前田も同感だった。

「どうも現場の様子から見て、やはり西郷はいなかった。今回の一行にも加わっていないようだ」

「私が聞いてきた通り、西郷が城山から逃れてロシアに渡り、今回皇太子一行とともに舞い戻ったというのは、どうも噂話の域を出ないのではないかと思います」

前田と大河内のやり取りに新八も加わる。

「そうであろう。西郷が生き延びているわけはない。城山で腹を切っている。部下を見捨てて一人逃げるような、そんな男ではないと儂も思うておる。……これは幕末に何度か邂逅して感じた儂の印象だが、外れてはいまい」

西郷の存否はともかく、津田が外交使節を襲ったことは事実。津田個人の今後よりもさらに大日本帝国がどうなるかを考えざるを得ない状況になった。

（大国ロシアは皇太子を侮辱されたことで怒るだろう）

と三人は思った。

「ロシア皇太子は止《とど》めを刺されなかったようだが、怪我であっても大きな外交問題にはなる。場合によっては戦争になるかも知れない」

大河内の叫びに、新八が冷静に言葉を継いだ。

「ロシアとは問題を起こしたくないが、それも致し方なかろう。ロシアとは朝鮮（半島）をめぐりずっと軋轢がある。いずれ、日乃本はロシアと一戦交えないと済まないかも知れない」

新八は実際にずっと先に起こる日露戦争を見通すように言った。

「それに、津田君の覚悟も重い。われわれは、一度は津田君に同心したのだから、かばってやりたい。恐れることはない」

国家の運命と無名の一個人の命を秤《はかり》にかけるのは意味ないことだが、今は襲撃者の仲間として、実際の行動に移した人間の心情を思いやり、それを護ってあげるしかなかった。


右側頭部を斬り込まれたニコライは大津市内の病院で手当てを受けた。比較的軽傷で、長期入院の必要はなかった。

明治帝も政府も、ロシアが事件を受け、国としての怒りを示すかと思い、憂慮した。しかし、ニコライ自身が「どこにでも狂人はいる。私は軽傷だし、帝が懸念されることではない」との寛容な態度で、明治帝の気遣いに謝意さえ表した。

この皇太子の言葉もあって、ロシア帝国はさすがに大国、この事件への対応は穏便に済ますことに決めたらしい。

ただ、ニコライらのこれ以降の日本旅行は取りやめとなった。傷が落ち着いた後、神戸からウラジオストックに向けて出発した。頭部を強打されたため、その後ずっと、皇帝になってからも頭痛に苦しめられることになる。

事件の記憶は、ニコライの身体の中に刻まれてしまった。大津事件の発生時は、寛容な対応を示した皇太子はやがてニコライ二世という皇帝となり、日露戦争を引き起こす当事者となる。心底では、日本での恐怖の体験から日本嫌悪感が消えなかったのであろう。


居酒屋「呑みや」で三人が話し込んでいる時に、すぐ後から数人の若者が店に入ってきて、三人の近くに席を取った。

酒を注文し、呑んでいる風だが、彼ら自身の話に熱中する様子は見られず、連中の耳はむしろ新八ら三人の方に向いているようだった。

実は、新八は自分を追う目線をずっと感じていた。殺気にも似たその気配は、大津で津田が事件を起こした後にすぐに察知できたが、今、居酒屋ではっきりと分かった。

だから、新八は店の中ではなるべく小声で話したし、目と顎を使って他の二人も注意の合図を送った。

店を出たあと、新八はそのまま京都の定宿尾張屋に向かわず、堀川通りを下った。前田も大河内も新八の行動に不自然さを感じ、目立たぬように周囲を探った。それで、尾行がいる上での行動だと気づいた。

七条通り角からさらに油小路に入った。油小路は細い通りなので、ここに来れば、追尾はよく分かる。

かつて新選組が高台寺派の頭領伊東甲子太郎を襲撃した本光寺の前まで来た。その時、新八が振り返った。

「お主らは儂らを尾けているようだが、何用か」

と尋ねると、尾行していた五人ほどが三人の周囲に散らばって、取り囲んだ。

「ちと尋ねたいことあって参った」

「何じゃ」

「貴公らは大津で津田三蔵がロシア皇太子に切りつけた時にすぐそばにいたであろう。あの時、強い目線で津田の行動を追っていたことは分かっている。何故か聞きたい」

五人の中で比較的年長らしき男が聞いてきた。

三人は、大津の襲撃事件以前から監視されていることを知った。新八も内心動揺したが、それを顔に表すのを抑えた。

「それは貴公らに関係のないことだ。単なる野次馬に過ぎない。襲撃した男もわれわれと何の関係もない」

「いや、そうは見えなかった。貴公らはステッキに手を掛け、今にも飛び出しそうな構えであった」

「………」

「男は犯行に及んだ時に『見たか、西郷』と言っていたが、西郷先生が生きていることを知っているような口ぶりだった。お前たちが仲間であるなら、われわれも見過ごすことはできない」

「どういうことだ。西郷は本当に生きて日乃本に戻ってきたということか」

逆に大河内が信じられないといった様子で尋ねた。

「そこまで知っているなら、覚悟してもらわないといけない」

年長者がそういうと、五人全員が持っていた仕込み杖の本身を抜いた。前田と大河内もステッキをかざした。

構えからして若者たちは刀争の経験がないように見受けられる。それに比べたら、新八は実戦経験豊富だし、前田も萩の乱でいささかの実戦経験はある。

「無駄なことは止めろ。君らが勝てるわけがない」

新八が叫ぶや否や、年長者が「問答無用」と言って上段から斬り込んできた。仲間内の頭領であるようだが、未熟な剣筋であった。

新八は体を幾分右に寄せ、仕込みステッキで、前に踏み込んで年長者の一太刀を下から強く払いのけた。年長者の剣は真っ二つに折れて飛んだ。彼我の技量に各段の差があるようだ。

年長者で討てないと分かると、代わって若者の一人が出てきた。頭も口元も手拭い覆面をしている。

新八の技を見れば、普通怖れるが、若者は物怖じしない気質か。新八の前に進み出て、ステッキから本身を抜いて挑んできた。薩摩示現流のように、刀剣を右斜め上に垂直に高く掲げた。いわゆるとんぼの構えを取った。

新八は新選組時代、薩摩剣士とも数多く対峙し、その剣法にも慣れている。振り下ろす最初の一太刀をどう躱すかが大事なのだ。

案の定、若者は「チェスト」と叫びながら、渾身の力を込めて本身を振り下ろしてきた。

新八は間合いを測って刃先が届かない距離まで下がった。そのあと、相手を強打しようと八双の構えから仕込みステッキを肩口に落とした。

相手もしっかり「先の後」も考えていたようで、本身を下から跳ね上げ、新八のステッキを払いのけた。新八の豪剣を捌くとはそれなりの力量を持っている。

だが、新選組の殺人剣法は一撃で終わらない。剣を二弾、三弾と面や胴に飛ばす。ステッキの連続攻撃をその都度、若者は躱したが、最後に力尽きて胴をしたたかに打たれた。

残りの若者らは、これで勝てないと判断したようだ。次に続く者はいなかった。

年長者が「引き揚げる」と声を掛けると、若者たちは互いに顔を合わせる。ステッキに本身を収めないまま、間合いを取りつつ三人から離れ、駆け足で逃れていった。

「何者でしょうか。津田が襲撃時に言った『見たか、西郷』の言葉をえらく気にしていましたが……」

周囲に静けさが戻ったあと、大河内がささやいた。

「分からん。西郷に関わりのある者たちかも知れぬ」

「となると、西郷隆盛は本当に帰ってきているのか。ロシア皇太子の一行の中にいたのか」

三人の中では答えの出ない疑問であり、話を続けるのは虚しい。

前田が話題を換えた。

「いやー、西郷のことはともかく、永倉先生の剣はすさまじい。やはり、幕末に長州藩士が難儀したことが良く分かりました」

自らも長州出身である前田らしい感想だった。

新八は何もこたえず、「三人でいるとまずいな。早く帰って寝ることとしよう」と解散を宣言した。

「儂は今宵、尾張屋に泊まる。貴公らはさらなる尾行に気を付けて、別々に宿を取ったらどうか。寝込みを襲われないように。……儂はしばらくして大阪の牧田道場に戻る」

「承知しました。永倉先生。先生も重々気を付けられて」

前田と大河内はそう言って、急ぎ足でその場を離れていった。

第八章　吉の母は生きていた

一

「父上様、この永倉磯の墓標は岡田伊都と替えなければなりませんね」

「そうだな、お前が永倉磯と分かった以上、お貞さんも許してくださるだろう。ただ、実子のように育ててくれた岡田の母親に感謝をしなくてはならんぞ」

「分かっております。私が京、大阪にいる限り、吉とともに墓参りは続けるつもりです」

　大津事件の翌日朝、新八は小亀、吉とともに東山の小寺にある岡田家の墓前にいた。鹿ケ谷の岡田宅を訪ね、小亀と吉を誘って改めて「磯」の墓参りをしていた。

　数週間前に、新八は「永倉磯」の墓標を見て落胆したが、今は磯が生きていることを知って何か暗雲がさっと空から抜けたような晴れ晴れとした気分になっていた。

それに比べると、吉の表情は心なしか暗い。姉の本当の父親が分かって喜んだが、その分、自分も貰い子で、しかも肉親がいないことを再確認させられ、いささか切なさが募ってきたのだ。

「吉殿にも早く実の両親が見つかると良いのだが……」

新八は吉の気持ちを察するようにさりげなく声を掛けた。

吉は、小亀と同様、岡田家に貰われてきたことを祇園の小百合や小亀から聞いている。

「吉殿は小亀が儂の娘だと聞いてどう思われた」

「正直、伊都姉様、いや磯姉様が、私と同じ貰い子であることが分かって驚きました。それで、実の父君が健在で、わざわざ東京から京都まで会いに来はったのは、私にとっても嬉しいこと、……ですが、ちょっぴり羨ましさも感じます」

「吉殿の実の父母の手がかりを探るには、もう一度祇園の関係者に当たるしかないのであろう。吉殿には、捜す気はあるのか」

「はい、姉様に肉親が見つかりはったのですから、私も見つかるような気がしています。姉様と力を合わせてちょっと祇園の方々に聞いてみたい気持ちです」

「そうか、そう思っておるなら、善は急げだ。きょうこれからにでも、祇園の小百合さんに会ってみないか。お主ら姉妹のことは彼女が一番承知しているように思える。何か手掛かりが聞けるやも知れぬ。儂も同道しよう」

三人は鹿ケ谷から祇園に向かって歩を進め、置屋にいる小百合を訪ねた。

朝早くであったので、小百合は寝間着姿に羽織を着ただけで、眠そうな目をしていた。芸妓は夜の商売、朝起きるのは晩《おそ》い。

「こんな朝早ようから何の御用どすか」

小百合は、三人が一緒だったので、怪訝な様子を見せた。

「小百合殿、起こしてしまったようで申し訳ない。この尾上小亀、いや岡田伊都さんが儂の娘であることが分かったのだ」

新八はそう切り出して、小亀が磯であることを順序立てて説明した。

小百合は特別驚きの表情を見せなかった。

娘と東京との関係を岡田貞子が言っていたので、小百合はそういうこともあるだろうと少しは思っていた。ただ、自分にはどうでもいいことだったので、当時、貞子にそれ以上突っ込んで聞く気にもなれなかったのだ。

小百合は三人の手前、「ほう、そうどしたんか」と若干驚いた振りはした。

新八は、小百合があまり驚いていないなと感じたので、吉についてもっと事情を知り得ていて、まだ彼女らに話していないことがあるのではないかと確信した。

「それで、小百合殿。吉さんも貞子さん宅への貰い子であることは承知しておろう。そこで、あなたが貞子さんから聞いていることを何でもよい。教えてくれまいか」

「私はよう知りませんのんや」

小百合は否定したが、顔は逆の表情を見せていた。

「再度お願い申す。私が新選組にいた時に親しくしていた仲間に藤堂平助という者がおるが、彼はひそかに儂に、『懇意にしている芸妓胡蝶に子供ができた』と洩《もら》したのじゃ。磯の母親、つまり儂の連れ合いであった小常と胡蝶は同じ島原の芸妓として仲が良かった。小常は胡蝶から子供の行く先を頼まれたことも考えられる」

「……………」

小百合は黙った。

「小百合殿、知る限りのこと教えてくれぬか」

新八が懇願した。

小百合は乱れた髪をかき上げるようにして、三人から視線を外した。

「貞子さんから、胡蝶さんのこと少しだけ聞いてはります」

唾を呑み込んで、噛みしめるように語りだした。

「それはいかなることか」

「胡蝶さんは、産みはったややこを自分では育てられないと小常さんに打ち明け、相談したようです。小常さんは体調を崩されていたので、そのややは姉の小駒さんに託され、そして磯さんと同様に貞子さんに育児をお願いしたということです」

産後の肥立ちが悪く体調を崩していた小常は住家、つまり新八の休憩所近くの町方女の世話を受けていた。当時、新八は隊務に忙しくほとんど家に帰らず、手間賃を払ってその女に任せきりだった。それで、小常と胡蝶のやり取りも承知していない。

「ということは、吉さんは胡蝶さんの子供ということで間違いないのだな」

「吉さんが貞子さんのところにいはるということは、そういうことになりますね」

吉は無言ながら、（やはり）という顔になった。

「小百合姉様、どうして今まで私に教えてくだされませんでしたの。吉にとってはものすごく大事なことだったのに」

小亀が口を挟んだ。いささか怒りが含まれていた。

「伊都ちゃん、あなたらは縁あって岡田の家の人になったのやから、もともとこの子なんて重要やないでしょう。此度、杉村さん、いや永倉さんがたまたま自分の娘を捜しにきはったので、あなたらの素性が明らかになったけど、そんなことがなかったら、何も知らず、仲の良い岡田家の姉妹としてずっと暮らせていたのではないのんか」

小百合が小亀の言に抗弁した。

その通りであった。仲の良い姉妹に今さら「お前の本当の親はだれだれや」と言って、敢えて波風を立てる必要はない。

「確かに、そのようだ。小百合殿の申されること、逐一ごもっとも。責める気など毛頭ござらぬ。いやむしろ、儂にとってはたまさか小亀が我が子と分かって大いに感謝している」

新八も合点がいったように補足した。

「ただ、ここまで聞いた以上、さらにお聞きしたい。胡蝶さんは儂の新選組時代の仲間、藤堂平助と夫婦同然の仲であった。実は当時、藤堂から『胡蝶に儂の子供ができた』と聞いておる。となると、吉殿の母親が胡蝶さんであるなら、父親は藤堂ということになる。そうであろう」

「詳しゅうは存じまへんが、そういう事情なら永倉さんの話される通りどすな」

吉が藤堂平助と胡蝶の間の子であることは間違いないと新八は確信した。吉も驚きの表情を見せながら納得しているようだった。

「藤堂は幕末の慶応三年、ある斬り合いで死んだ」

「そうどしたか」

「では伺いたい、胡蝶さんのその後の消息を。ご存じないか。存命でいるのかどうか」

小百合はこの質問の答えにも、ちょっとためらいを見せた。ためらいながらも、洗いざらいぶちまけるという心境になったようだ。

「胡蝶さんは、御一新のころに京都の大店の隠居はんに落籍《ひか》れていったと小駒姉さんから聞いてはります」

「その大店は承知しているのか」

「はい。洛西にあるしにせの呉服問屋『椎葉屋』の隠居はんと聞いています」

「椎葉屋」と聞いて、今度は小亀がぎょっとして、思わず「えっ」と発してしまった。

祇園にいたころ親しくしていて、つい先ごろは男女の仲にもなった住吉喜三郎が婿養子として入った店なのだ。

小亀が驚いた様子を新八は目ざとく見つけた。

「磯、お前、椎葉屋を知っておるのか」

「は、はい。少しばかり。……祇園にいた幼いころ、親しくしていた料理屋のぼんぼんがいはりまして、その彼が婿養子に入った大店《おおだな》です」

「ほう、それで磯、そのぼんぼんとは今でも付き合いはあるのかな」

(先日、男女の仲になったほど親しいです)とはさすがに言えず、小亀は「はい、存じています。会えば、分かるはずです」と如才ない受け答えをした。

「ほう、それは好都合。吉殿のためにも、椎葉屋に行ってぼんぼんに隠居どのの話を聞いてみようではないか」

二

前田源之助は大津事件の翌日、大河内多聞とともに、大阪に戻った。

（義挙に加わっておれば、今ごろ儂は警察拘置所の中。外交問題にも発展しかねない大事件を引き起こしたので、死罪は免れなかったであろう）

突然の津田の申し出によって攘夷の決起に参画することがなかった。拍子抜けの半面、いささかホッとしながら相場師としての活動を再び始めた。

相場仲間と会合を持ったのは、事件の翌々日のことだった。

会合場所はいつもの堂島の呉服商「柏屋」の奥座敷。まだ、日の高い午後三時ごろである。

前田が柏屋の主人善兵衛に会合を持ちかけたら、金物卸問屋の「西門屋」の言右衛門、古物商「摂州屋」を営む稲盛仁蔵もすぐに招集に応じてくれた。

卓上に用意されていたのは、いつものようにお茶と和菓子と煙草盆だけ。

前田は三人に、大津事件に直接関わらなかったので、事件のことは一切話さず、

「実は、尾上小亀は杉村義衛、すなわち永倉新八の娘であった」とだけ告げた。

善兵衛らは新選組の永倉新八が来訪していることは以前にも聞いた。その剣客が京都で二十数年ぶりに娘と再会でき、感涙にむせんだことを聞いて、驚きを隠せない様子だった。

「ほう、あの小亀が新選組小隊長の娘とはな、ほんまびっくりですわな」

口火を切ったのは善兵衛だ。

「ところで、前田はんはどこで小亀に会ったんや」

今大阪で売り出し中の美形の役者に抜け駆けで会ったことに羨ましさを感じているようだった。

前田は、津田三蔵や攘夷運動同志との関係を話すと面倒だと思ったので、

「天王寺茶臼山下の剣術道場で偶然お会いした。永倉殿が剣術指南のため道場に逗留していて小亀が訪ねてきたんです。儂も武家の出なので、今でもいささか稽古をしており、道場を訪れた折、たまさか父娘の再会に遭遇しました。永倉殿は、当初娘が死んだものと思っていたのですが、生存していたことが分かって喜んでいました」

前田は出会いの場のいきさつを若干偽ったものの、新八、小亀から聞いた二人の因縁については事実に即して話した。

「赤い巾着とは。まさに父と娘をつなぐ赤い糸ですな」

言右衛門が口を挟んだ。

「新選組隊士は当時、ぎょうさん給金もろうていたと聞きますさかいに、仲良うしていた芸妓もおったやろ。思い出もぎょうさんあるんやろな。でも、娘が最大の思い出でしょうが……」

「ほんまや」

しばらく新八と小亀の話になっていたが、やがて肝心の相場の話に移っていった。わざわざ陽の高いうちに集まるというのは、それだけ米相場に関心を持っているからだ。

「どなたか、その後、今夏の天候、作況に関する情報を聞いとりまへんか。前田はん、小亀と会ったんでっしゃろ、なんか言うておりませんでしたか」

善兵衛が聞いても、前田は答えない。実際何も聞いていないのだ。

ただ、晩春を迎えて天候は安定しているので、今夏も暑い夏になるのではないか、小亀がささやいた天候安定説は当たっているのではないか、との見方を前田は披露した。

「儂の知り合いで、気象に詳しい者も最近、今年は暑い夏になり、作況も悪くないと言うとるよ」

仁蔵も同調した。

「となると、大量買いに走った京都の株仲間はどう出はるのやろ。事情を知って、徐々に売りに出すか、それとも天候不順に賭けて持ち続けるか」

「そうやな、その辺を見極めへんと、わてらの稼ぎにはなりまへんな」

「彼らが売りに出すのやったら、相場は安うなるから、こちらが買いに入って、利ザヤを稼げる」

「そうやな、前田はん、相場を良く見張っててもらえまへんやろか」

三人の商人は欲の張った顔を前田に突き出した。前田は苦笑するだけだった。


新八と小亀、吉は洛西堀川御池にある呉服問屋「椎葉屋」に向かった。

小亀は住吉喜三郎とわりない仲になってしまったので、店に向かうのはためらいがあった。喜三郎のご内儀に会うのが嫌だったし、まして人斬り集団新選組であった実の父を喜三郎には紹介したくなかった。

だが、そんなことは言っていられない。実妹のように育った吉にとっての一大事なのだから。

「椎葉屋」は、小亀にとって恋しかった喜三郎が婿入りした店。場所や店構えなど知りたくもなかったし、そういう機会もなかった。小亀が「知らない」と言うので、三人で堀川御池筋周辺を探したところ、ほどなくして見つかった。

堀川御池は新選組の屯所があった壬生からそう遠くないので、新八も地理を承知している。「椎葉屋」は堀川通りに面していた。京都の多くの町屋と同じく、間口二軒ながら、奥行きのある古風な造り。歴史を感じさせる。

三人が店先で丁稚さんに訪いを告げると、奥にいた喜三郎が直ぐに出てきた。

喜三郎は小亀が客人の中にいたのでぎょっとしたが、奥にいる内儀の手前、驚きを表立って表すことはできない。

「あら、小亀さんと吉さんではありませんか、お久しぶりどすな。どないしはりました」

よそよそしい応対になった。

小亀も喜三郎の心中を察し、感情を露わにすることはできない。

「喜三郎様。ご無沙汰でございます。お元気そうで何よりどす」

と冷静に応じた。

「元気にしとりますよ。おおきに。……ところで小亀はん、きょうは何の用事でお越しになりはったのどすか？……そちらのお武家さまはどちらさまで」

喜三郎には新八がすぐに武家に見えたのだ。そこで、丁重にお辞儀し、呉服の巻き棒が積み上げられた店先の板場の奥にある畳敷きの客間に三人を案内した。

新八はいきなり元新選組だとは言わず、「幕末に京都にいた者です。此度、娘を捜しに舞い戻りました」と身分を曖昧にした。

新選組は京の商家から軍資金をたかり取ったことがあった。その恨みがまだ残っていると思ったから言いたくはなかった。だが、藤堂のことを言えば、新選組に行きつくのは避けられない。

喜三郎に尋ねられて、改めて「新選組だった」と明かした。

そして、「自分は幕末期に、芸妓との間に子供を作ったが、それを残して京を去った。二十数年たって捜しにきて、苦労して探し出したその娘が小亀であった」などと説明した。

喜三郎は小亀に実の父親が見つかったこと、そしてその父が鬼より怖い新選組隊士であることに改めて驚いた。

「伊都ちゃん、よかったなー。……でも、びっくりや。わても、子供のころ、店先を通る新選組をよう見てはりました」

驚きのあまり、親しみを込めた言い方にしてしまった。

喜三郎は小亀とは幼友達であることを強調するように、

「伊都ちゃん、吉ちゃん、二人とも私が祇園にいたころ親しくいていたからなー」

と大きな声を出した。

喜三郎は新八に関係を説明するとともに、奥にいる内儀に聞こえることも考えたようだ。

小亀と吉は、女中が茶を運んでくるまで、肝心の話には触れず、祇園にいたころを懐かしむ話に終始した。

女中が去ると、小亀は声を潜めて、

「昔、島原で芸妓をしていた胡蝶という女を知りはりません。椎葉屋のご隠居さまが落籍したという話を聞いているのどすが……」

と単刀直入に尋ねた。

喜三郎はすぐにピンとくる感じでなかったが、思い当たる節はあった。

「とうに亡くなった嫁の祖父が確か嵐山の方にお妾を囲っていたという話を聞いておりますが、わてはあまり承知していません。嫁に聞いてきましょうか……」

喜三郎はそう言って奥に下がった。

「どうやら、胡蝶さんが椎葉屋の隠居に落籍されたという話は事実のようだな」

新八の言葉に小亀と吉が頷いた。

しばらくして喜三郎が奥方を伴って接客の部屋に戻ってきた。

喜三郎の奥方の晴美は目鼻立ちの整った見目麗しい感じ。その割には、大店の「御寮はん」というどっしりとした風情も漂わせていた。亭主がいなくても、十分店を切り回しできそうだ。

「夫がいろいろお世話になっております」

晴美に言われて、小亀はどきりとした。

「お聞きの件ですが、爺さまは、慶応のころから御一新にかけて、お妾さんを持っていたのは確かどす。私の父が早うに店を継ぎましたので、婆さまが亡くなった後、爺さまはその女子はんと嵐山の方に暮らしはっていました。爺さまが亡くなった時に、父が相当な金をお妾さんに渡しはりましたから、今はその方と行き来はありません。どないにしてるのかも分かりまへんが、亡くなったという話は聞いておりまへん」

「で、その居所はご承知か」

「分かっとります。訪ねて行かれますか」

「はい、ぜひ訪ねたいです。教えてください」

今度は吉が大きな声を出した。

三

胡蝶が椎葉屋のご隠居と住んでいたという家は、嵐山の奥、嵯峨野・化野念仏寺の近くにあった。

化野念仏寺は平安期に弘法大師が創建し、法然上人が念仏道場としたところだ。千体以上の石仏が並び、ここで念仏を唱えると極楽浄土に行こうと言い伝えがあり、多くの浄土宗信徒が常時訪れている。

ほとんどの石仏は古く、苔むしているが、顔は皆愛らしい。

椎葉屋のご隠居は浄土宗信徒として毎日念仏を欠かさないため、この地を終の棲家に選んだようだ。

椎葉屋喜三郎夫妻が同行を望み、五人で市中から馬車を雇って向かった。明治二十四年（一八九一年）にはまだ嵐山電車（明治四十三年〈一九一〇年〉開通）はない。

仕舞屋風の隠居所は小高い丘の上にあって、前が畑になっていた。

吉は実の母に会えるのではないかと期待し、胸を躍らせていた。

吉と同じように、新八も気分を高ぶらせていた。というのは、胡蝶は幕末に妻の小常と仲が良く、酒席でも同席し、顔見知りであるからだ。会えれば、磯と同じように二十数年ぶりの再会である。

晴美が玄関で「ふきさん、居はりますか」と訪いを告げた。胡蝶は本名の「ふき」に戻っているようだ。

「はい」と言って女性が出てきた。手拭いを姉さん被りにし、紺地の袷に同じ色のもんぺを穿いている。老婆とは言えないが、若々しさを失って一見、老女に見える。

晴美が久闊を叙した後、近くに寄り、ふきに小声で事情を説明している。

その情景がまどろっこしく映ったのか、新八が声高に叫んだ。

「昔、島原にいた胡蝶さんであろう。久しぶりですな。新選組にいた永倉新八ですよ」

その声にふきは、昔に引きずられたように反応した。

「あれ、永倉さま……。新選組の、小常さんのご亭主の」

「そうです。久しいのう、胡蝶さん」

新八も傍に寄って、片手でふきの肩を抱いた。

「生きてはったの。藤堂と同じように、とうに亡くなりはっていると思っていました」

「そうです。恥ずかしながら、この歳まで生きております」

ふきは手で目を拭った。

「良かった。ほんまによろしゅうございました」

「それでね、胡蝶さん。ここにいる娘二人ですが、こちらが今は大阪で役者をしている尾上小亀といいます。実は、儂の娘の磯だと分かったのです。すなわち、小常の子供です」

「えー」

「そして、もう一人は吉さんと言って、祇園にいた乳母の下で磯と一緒に育ったのですが、どうもあなたの子のようだ。つまり、儂の昔の仲間の藤堂平助の娘ではないかと思って、あなたを訪ねてきたのです」

その言葉を聞いて、ふきはさっと顔色を変えて、吉を見つめた。

「吉、本当に……。本当に吉なの」

吉は何も言わず、ただ、ふきを見つめていた。目からは涙が噴き出していた。

「母さんですよね。間違いなく」

「そうや、吉は私の娘や」

「母さん……」と叫んで、吉はふきにすがりついた。

「母さん、どうして私を他人に渡したの、どうして捜してくれなかったの」

しばらくして吉が聞いた。

「ごめんね、小吉。弁解するつもりはないが、私も生きるのが精一杯だったの」

ふきは芸妓を止めて、商人《あきんど》の妾になって生きると決めた以上、その前に関わった男やその子供とも金輪際縁を切ると誓ったのだ。もちろん、娘が小常の姉の小駒のところに行き、そして乳母の手に渡ったことも薄々承知していた。

（それでいいのではないか。私は新しく縁を持った男と添い遂げると決めたのやから）

胡蝶ことふきは、そういう割り切り方をしてきたが、それをそのまま娘に告げるのも残酷だと感じ、今は黙っている。このの ち、付き合いができたなら、おいおい話せばいいと思ったのだ。

「小吉、私はしがない芸妓上がりやが、お前の父上は立派な新選組の隊士であり、もともとは伊勢の藤堂藩藩士の出。殿様のご落胤とも聞いている。すなわち、お前は由緒正しき武家の子や。だから、胸張って立派に生きや」

吉はそれを聞いて、返事ができないほど胸がふるえた。

永倉新八はその後、しばらく京都にとどまり、ほぼ連日、暇を見つけて尾張屋から嵐山奥の化野念仏寺近くに通い、胡蝶と昔語りした。新八が知らなかった小常の別の面を知りたかったのだ。

実母のことをもっと知りたい小亀や、実母に甘えたい吉も同行することがあった。

小亀は胡蝶の言葉を通じて、嬰児で別れたまま、まったく知り得ない母の温もりを少しでも探ろうとした。吉は、父親のことも聞き、血のつながりを感じ取ろうとしていた。

四

新八が大阪天王寺茶臼山下の牧田玄斎道場に戻ってきたのは、大津の事件後十五日目の朝だった。

道場に顔を出すと、牧田師範はいないが、師範代軽部惣右衛門と門弟たちが打ち合っていた。軽部もほとんど道場剣法だが、牧田の高弟だけに剣筋は良い。

その中には、防具を着けた尾上梅昇一座の尾上亀之助も交じっていた。

「芝居はまだお休みかな」

新八は稽古が一息した時、亀之助に声を掛けた。京都で一座の看板娘の我が娘と一緒にいたのだが、それには触れなかった。

「公演は来週から奈良で行います。ですから、小亀も今日にも大阪に戻ると思いますよ」

「ほう、それは結構」

「ところで、見たところ、亀之助君はなかなか良い剣筋ですな。どうかね、儂と立ち会ってみないか」

亀之助は「えっ」という顔をしたが、一瞬置いて、

「元新選組の隊長どのと立ち会えるとは、幸福至極。ぜひお願いします」

と返事をした。

「君の技量であれば、竹刀でなく木刀でよかろう。得物は木刀だ、どうか」

「分かりました。御手柔らかにお願い致します」

亀之助はそう言うと、刀掛けから木刀を二本持ち出し、一本を新八に渡した。

亀之助は面、胴、小手の防具を着けたが、新八は防具なしだった。

久しぶりに木剣の試合が見られると喜んだ門弟たちは壁際に下がり、正座した。

軽部が「私が立会人となりましょう」と申し出た。稽古試合であるとはいえ、木剣で強打すれば怪我する恐れもある。

「新選組の手練れが若者を相手にするのですから、もし危ない状態になったら、止めますよ」

軽部はそう宣言した。二人ともそれを「諒」とした。

師範代には勝負の行く末が見えている。彼我の技量から新八が手加減することは分かっていながらも、万一のことがある。役者である亀之助が怪我をしないよう細心の注意を払おうと思ったのだ。

新八と亀之助は道場中央で対峙し、「始め」の声にお互い正眼に構えた。

新八から先に仕掛けることはない。亀之助は、踏み込める間合いに詰めたり、下がったりして新八の備えを見たが、踏み込んで打てる隙が見いだせない。

十分たったころ、亀之助がやっと相手の剣先を払って頭から打ち込もうとした。

新八は相手の目線からそれを察知し、剣を横にして面打ちを防ぎ、鍔迫り合いから相手を押し倒した。

もちろん、相手が体勢を崩したので、追い込んで打ち込めば、それで勝負ありだが、新八はそこまでしなかった。もう少し相手の技量を見たかったのだ。

亀之助は体勢を立て直し、今度は下段から逆袈裟で打ち上げてきた。新八はこれも間合いを取って外し、直後に踏み込んで逆胴に木刀を強く当てた。胴は固い防具を着けているので怪我はない。

その後、亀之助が相手の面や小手を狙ってきたが、いずれも新八の剣で躱された。

三十分ほど打ち合ったところで、軽部が「それまで」と声を掛けた。

立会人は（新選組の殺人剣に道場剣法は通じない。どれほどやっても新八に打ち傷一つ付けられまい）と判断したのだ。

それでも、商人の子弟が多い門弟たちは、「カチン、カチン」と木刀が触れ合う音や、実戦剣法の新八と、若いが準師範格の亀之助の打ち合いを堪能した様子だった。

牧田道場主の娘が「朝餉が出来た」と伝えにきた。

門弟たちは通常道場内で、車座で食事を取るが、師範格や客人は奥の部屋で道場主とともに食卓に向かう。毎朝決まった風景だ。

食客の新八と亀之助は奥の部屋に進んで、軽部惣右衛門と食卓を囲んだ。

今日朝、牧田玄斎は所用があって出かけていて朝餉の席にいなかった。

朝餉もいつも通り雑炊に野菜の煮つけ、加えて漬物、汁物という簡単なものだった。

新八は亀之助の隣に座り、「見事な剣筋だった」とほめたあと、小声で、

「君は今日、なぜ初めにとんぼの構えを取らなかったのだ」と聞いた。

「えっ……」

亀之助はぎょっとして、声が出なかった。

(一流の剣客には、見透かされていたのか)

過日、京都で新八、前田、大河内の三人を襲った一団の中に亀之助もいた。あの時、一人で挑んできた若者は手拭いで覆面をしていたが、新八は今日道場で、亀之助があの若者ではないかと察知し、さらに立ち会ってみて確信した。

そのことを「とんぼの構え」の一言で相手に伝えたのだ。

尾上亀之助が幼少時に習得した剣技は薩摩示現流だった。この道場では、それ

を隠し続けている。新八には一刀流の構えを取ったのも、京都の襲撃の一件を知られたくなかったからだろう。

ただ、最初の構えが違えども、新八には示現流の剣筋や足の運びは分かる。関東の流派と打ち込み方が違う。幕末の京で何度も命のやり取りをしている。

「永倉様は先刻承知のことでございましたか。……立ち会ってみて、とても及ばないことが分かりました。申し訳ないことをしました」

「いや、なかなか剣筋は良かったよ。それより、君に聞きたいことがある。本日午後にでも、付き合ってくれないか」

亀之助は逡巡したあと、「分かりました」と応じた。

亀之助は道場ではこれまで示現流を見せていなかった。そのため、隣席にいた軽部は、とんぼの話とは何を意味しているのかが良く理解できなかった。

朝稽古を終えたあと、二人が向かった先は茶臼山下の堀越神社前にある茶店だった。

堀越神社は江戸幕府初期の大坂冬、夏の陣で来訪した徳川家康が戦勝祈願したことで有名だが、江戸生れの新八はそんなことまで承知していない。

ただ、知っているのは、この店は甘い団子が名物だが、隠れて酒も出すということだった。何回か来たことがある。

「ここでは酒も呑める。どうだ、亀之助殿。酒にするか」

新八は遠慮気味に聞いた。

「永倉様のお好きなように。酒を呑むのでしたら、お付き合いします」

「分かった」と言って、新八は二合徳利と貝の煮物、香の物を注文した。

「前置き抜きで、単刀直入に聞こう。君らは西郷隆盛のことを言っていたが、どういうことか。実は、彼は城山で死なず、山を下りて他国に逃げた。そして、今回ロシア皇太子とともに帰国したという噂があるが、それは誠なのか。君らの行動は西郷に関わっていたのか」

「…………」

「薩長が跋扈する今の世の中、儂のような旧幕府、佐幕派は、今は市井の片隅に追いやられ、細々と暮らす身。今さら西郷との因縁を云々する気はないが、儂は幕末に西郷と会ったことは忘れないし、かつては敵《かたき》同士だったので、多少気にはなる」

「それは分かります」

「であれば、真実を教えて欲しい。聞いたところで、誰に言うわけでもないし、気にも留めない。ただ、城山のあと西郷が今尚生きているとしたら、僕は冥途の土産として聞いておきたい」

「……………」

「そもそも貴殿のことは、牧田玄斎師範から大阪の神官の子弟と聞いた。なぜ鹿児島示現流を学んだのだ。示現流は秘匿剣法で、薩摩藩以外では学ばせない。御一新後も、大阪には道場はなかったはずだ。そこから聞きたい」

「では、その前に永倉様には津田三蔵との関係を聞きたいのです。何か関係があったのですか」

「ほう、その件か。確かに関係はあった。彼とは京都の居酒屋で偶然会った。彼は激しい攘夷論者で、条約改正のために攘夷を決行したいと打ち明けた。僕が新選組にいたことを話すと、彼は協力してくれと言ってきたが、断った。ただし、お前の決起は見届けてやると伝えた。それで大津に行ったのだ。残りの二人も僕と同じように誘われ、僕と同じような行動を取った」

新八は面倒臭いので、事実を多少歪曲して話した。事実、津田から単独行動を主張され、決起に加わらなかったのだから、大きな話の筋で間違いはない。

「そうでしたか。……私が神官の子弟であることは間違いありません。ただ、生れたのは薩摩です。実家は武家でしたが、父は次男坊でしたので、神官の道に進みました。私も十歳くらいまでずっと薩摩城下にいて、示現流を叩き込まれました。御一新後、薩摩は羽振りがよくなったので、私たち家族は神戸に出てきました。父は神戸で神官となり、私はそこで別の流派の道場に通い、さらに大阪に来て、一刀流の牧田道場で食客となりました」

「そうか、それで剣の基本は示現流にあるというわけだ」

「左様です」

五

「では、聞くが、西郷の話はどうなのか」

「実というと、我々も含め、大阪にいる薩摩一党もよく分からないのです。薩摩では西郷先生を慕い、生存を願うあまり、生きて海外にいて、その後帰国したと信じている者が多いのです。中には、西郷先生はすでに帰国している。薩摩には帰れないので、かつての流刑先の奄美大島に上陸し、現地妻の愛加那さんとひそかに暮らしているとか、奄美の加計呂麻島で西郷先生を見かけたという話もあります」

「ほう、面白い話だ」

「ですが、上方にいる薩摩人の間では、西郷先生は城山から脱出してロシアに逃げている。だから、今回、絶対皇太子と一緒に来ているはずだと信じる人が多くなりました。それは徐々に常識となり、我々の共通の認識になっていきました。西郷先生がロシア皇太子一行の一員として我が国に戻れば、反発する者も出てくるだろうし、付け狙う者もいるでしょう。そこで我々大阪の薩摩党はひそかに西郷先生の身辺をお守りしたいと考えたのです」

「なるほど」

「それで、大津に行きました。賊が現れ、先生に危害を加えるとしたら、警戒厳重な京都でなく、大津の可能性が高いと踏んだのです」

「では聞く。なぜ野次馬の中にいた我々に目を付けたのか」

「賊が現れるとしたら、西南戦争の死没者をまつってある記念塔近くの危険度が高いと思い、手分けしてその付近を見張っていました。野次馬の中に永倉先生ら三人が真剣なまなざしで立っていたので、注視していました」

「………」

「そんな中で、警備に当たっていた邏卒が皇太子に仕掛けたのは本当に驚きでした し、津田三蔵がさらに『見たか、西郷』と言ったのに驚愕しました。ロシアの一行の中に西郷先生がいる。政府がそれをつかんでいるから、津田も承知していて、そのように叫んだのであろうと我々は確信したのです」

「………」

「現場で、永倉先生らは、津田の行動を見つめ、場合によっては助太刀しようとの構えを見せていたのは我々も分かりました。津田とのつながりを感じたのです。それで皆さんの後をつけ、西郷先生のこと、どれほど承知しているのか、聞いてみたくなったのです」

「そうであったか。……儂個人は、西郷が生きていることなど端から信じておらなかったが、津田君はそう信じていたところはあった。薩摩の噂話が回りまわって政府側にも入り、信じ込んだ者も少なくなかったのであろう。とりわけ、津田君は西南の役にも出ており、西郷とは因縁浅からぬところがある」

「津田さんは西郷軍と戦っていたのですか」

亀之助は、津田の従軍話を聞いて、呼び捨てから「津田さん」と変えた。ただの無知蒙昧で無鉄砲な邏卒という印象は払拭されたようだ。

「お主らも西郷生存、来訪を事実として知っていたわけではないということだな。それでも、噂話が独り歩きし、だれもが信じるようになり、疑心暗鬼を生んだようだ。津田君も、お主ら薩摩党も」

「どうも、そのようですね」

西郷話の真実は分からない。だが、源義経の海外脱出話と同じように「そうあってほしい」という仮説が「そうだろう」に転化し、やがて「きっとそうだ」と発展することはある。

新八は、噂話の恐さを実感した。

亀之助は、杯の酒をすすりながら、話を京都での刀争の一件に戻した。

「私は三人の中に永倉先生がいたことが分かっていたので、打ちかかる気など毛頭ありませんでした。ですが、我が頭領は先生のことを知らない。だから、安易に挑んだのです」

「…………」

「私は陰に隠れていようと思ったのですが、我が頭領との打ち合いを見て、心が変わりました。剣技を学んだ身として、私も一度、新選組の剣客である永倉先生と立ち会ってみたかった。直に対峙してその剣筋のすごさを実感したかったのです」

「気持ちは分かる」

「でも、永倉先生がステッキの本身を抜いたら、挑むことはなかったでしょう。私もまだ若いし、死ぬのが怖い。いずれにせよ、未熟な者が永倉先生に挑むなど大それたことをして申し訳ありませんでした。今後、さらに精進して剣技を磨きたいと存じます。もう示現流を隠しませんが、大阪で一刀流も極めたいと思います」

「それで良い、それで良い。……お主は梅昇一座の座員でもあろう。舞台芸の精進も忘れずにな。それに、尾上小亀は儂の娘だ。お主にとっては梅昇門下の兄弟弟子であろう、どうか、よしなに面倒を見て上げてくださらんか」

「それは了解しました。どうかご安心ください」

二人は徳利一本を飲み干して席を立った。

堀越神社は参拝客で賑わい始めていた。

第九章　小常を彷彿させる娘

一

五月の晴天の日々が終わると、小雨が降り出して梅雨に入った。

大阪・天王寺茶臼山下の牧田玄斎道場の玄関口にある紫陽花が雨を受け、一段と紫の色を増している。

新八は相変わらず牧田道場に居候し、門弟に稽古を付けていた。そして、時より娘磯との団欒も楽しんだ。

尾上小亀、すなわち磯の属する尾上梅昇一座は大阪の劇場のほか、西日本一円でも公演を持つ機会があるので、磯も忙しい。父親に甘えたくとも、仕事優先で大阪を離れなくてはならない。

「父上、申し訳ないのですが、明後日から十日間、姫路で公演ですので、お会いできません」などと磯が告げると、新八は「では、儂もそちらの方に出張って、道場荒らしでもしようか」などと応じる。

乳飲み子のとき以来の再会が嬉しくて、ひと時も離れたくない様子なのだ。実際に新八は牧田玄斎の紹介状を持って、磯の後を追って一座が公演する土地の道場に出張指導したりした。

四国、中国地方の諸藩は幕末の戦争では、討幕軍に属した。その前の京で繰り広げられた勤王、佐幕の争いでは、尊攘派であった多くの藩士が新選組に斬られている。

そうした者たちにとっては新選組や永倉新八の名は悪名として心に焼き付いており、今でも好感を持っていない。それは、新八も承知している。

そこで、牧田道場師範格の「杉村義衛」と名乗った。ただ、見る人が見れば、杉村の遣う剣法が牧田道場の小野派一刀流でないことが分かる。しかも、その剣筋は、竹刀を防具に当てるだけの道場剣術でなく、体を寸断とばかりに打ち込んでくる実戦慣れしたものであることも。

道場での相対者はまず小手を打たれてしびれてしまい、竹刀を縦横に使えなくなる。その隙を突かれて脳天を竹刀で叩き込まれる。前頭だけを打つ浅い面打ちでなく、脳天直撃なので、ほぼこれで脳震盪状態になってしまうのだ。

そこで多くは、（このご老体は只者ではない。恐らく名のある剣術家、しかも幕末に実戦の場数を踏んだ人であったのだろう）と気が付くのだ。

尾上小亀も、縁がないと思っていた父親が生存していると分かったので、恋しい。大阪にいる時はもちろんのこと、地方公演の時も父親が近くに滞在していれば、その道場に出向き、稽古風景を見た。

父親の凄まじい剣捌きを見て驚嘆し、強さに頼もしさを感じた。

だが半面、（父上は幕末に、あの剣で実際何人殺めてきたのだろう）と思うと、空恐ろしい気持ちになった。そして、闘争心に満ちたあの激しい血が私にも流れているかといささか嫌悪感も迫ってくるのだ。

小亀は父親から母親のさまざまなことも聞いた。

二十歳そこそこの若い時期、私を産んですぐに死んでしまった母。とても綺麗で、しかも心優しかったと父親に教えられた。

ある時、新八が半分病床にある小常に「この子は今でもこんなにめんこいのだから、将来は見目麗しい娘になるだろうな。将来、どういう風に生きるんだろうなぁ」と尋ねた。

新八は毎日のように新選組の巡邏に出て明日の命をも知れない身。だからか、少々無責任な聞き方になった。

小常は新八のそういう身の上を重々承知しているので、少しむっとして、

「そうやね、剣術遣いとは添わせたくないの。どこか商人の御寮はんにもなってあんじょう生きてほしいのどす」と返事した。

小常は、新八が刀争で死んでいずれ寡婦になることを覚悟していた。だから、磯が武家などと所帯を持ち、自らと同じような境遇になってほしくないと思ったのだ。

小常はこの時、亭主が先に逝ったあと、自分はこの子とずっと一緒にいるんだろうと考えていたのだ。だが、自身が慶応三年（一八六七年）七月六日に磯を産んで、なんと半年もたたない十二月十一日、亭主より先に身罷ってしまった。

小亀は父親からその辺のいきさつを聞いて、

（母様は、私を残して逝くことがさぞ辛かったやろうなぁ）と思うと、胸が詰まる。

父親は戦いに明け暮れているので、明日をも知れぬ身。いずれ父《てて》なし子になることは目に見えている。その上自分が病気で死に孤児になったら、磯は生きてい

けなくなるのではないか。小駒姉さんに預けて安心できるのか。母親は、病床で死ぬ寸前までそう心配したに違いない。

小亀はそんな母親の心情を察すると、気持ちが高ぶってくる。

「ありがとう、母様《かか》。岡田のお義母さんのお陰で私はこうして立派に生きている。商人の御寮はんにはならなかったけど、役者として頑張っています。芸事で生きるというのは、踊りがうまかったという母様譲りかも知れまへん。私には、父親の激しい血でなく、間違いなく優しかった母様の芸事の血が流れていると思うてます」

小亀は父親に言うでもなしに、母親の心情を代弁した。

折々にそれを聞いた新八も、遠い昔の小常を思い出すようにしんみりした顔になった。

二

梅雨入りする前の五月二十七日、大津でのロシア・ニコライ皇太子刃傷事件から十六日目、津田三蔵に対する処分がきまった。大審院（最高裁）で「一般人に対する謀殺未遂罪」（旧刑法二九二条）という条項が採用され、無期懲役という判決だった。

旧刑法下では、大日本帝国の皇室に危害を加えた者を罰する「大逆罪」（一一六条）という不敬罪の条項があり、「外国の皇室、王室の関係者についてもこれに準拠し、犯罪者は死刑にすべきだ」との説が朝野で沸き起った。政府も強くそれを求めた。

背景には、（ロシアを怒らせると、日本はひどい報復に遭いそうだ。だから、ロシアをなだめるためにも極刑にしておく方が良い）とのロシアに対する畏怖感があった。ロシア皇帝アレクサンドル三世が「我が帝国の後継者への不埒な行動に怒り、暗に死刑を求めているとの情報も伝わってきていた。

外国の皇室、王室の関係者の大逆罪準拠とは、ある意味条文の拡大解釈、超法規的な措置にもなってしまう。ただ、自国刑法の杓子定規の解釈より、とにかく大国ロシアの機嫌を損ねないようにするためなら「超法規的」でも何でもいい、「津田三蔵、死刑」で収めるべきだとの声が満ちていた。

国の基本法規である大日本帝国憲法が制定されたのが、この事件のわずか二年前の明治二十二年（一八八九年）。それ以前の明治十三年（一八八〇年）にできた旧刑法などは大雑把すぎて、細部まで網羅されていない。だから、逐条解釈にこだわらず、多分に裁判官が恣意的な判断で判決を出すことができた。

津田が裁かれた場は、東京の大審院。当時の裁判制度は二審制で、事件は本来、最初に大津地方裁判所で扱われるべきだが、外国に絡む重大事件ということでいきなり大審院に持ち込まれていた。

津田が死刑判決にはならなかったのは、時の大審院院長の児島惟謙が日本男子たる気概を見せたからだ。

「外国皇太子は日本の皇族と同等でない。ニコライ皇太子は軽傷である。刑法の建前からすれば、今回の犯罪行為は死刑に当てはまらない。今こそ、日本の法治主義を示す時だ」

児島はそう述べ、無期懲役が相当とした。

津田は、死刑を覚悟していただけに、無期懲役の判断に面食らった。自身は死刑を執行されることで、幕末に躍動した攘夷の志士と同じになると思っていたし、少なからずそれを望んでいたところはあった。

同時に、外国の圧力に屈しない児島の断固たる姿勢を知って感涙にむせんだ。

(儂がした刃傷などは微々たるもので、最初に目指した真の攘夷が完遂されたとは言えない。ただ、裁判の中で、児島院長が示した信念、外国の圧力を恐れないという気概は、当のロシアはいうに及ばず、世界に示された。日本の武家の魂を知らしめることができた。その意味では、われわれが目指した攘夷は別の形で達成されたのだ）

津田は満足感に浸り、刑に服した。

そして、この年七月初め、北海道釧路の集治監に送られることになった。

移送の前に、前田源之助、大河内多聞そして杉村義衛あてに手紙を書いた。永倉新八と書かなかったのは、新選組を敵対視する新政府に余計な気を回させたくないという津田の配慮だった。

杉村あての手紙には、こうあった。

――大審院の児島惟謙院長が示した気概に感謝しています。私は獄につながれようとも、もう思い残すことは何もありません。京都で杉村様にお会いできたことは、終生の喜びであり、誇りです。間もなく北海道の監獄に送られます。剣術指南と囚人の差こそあれ、われわれは蝦夷地すなわち北海道の監獄でもつながりができたと申せましょう。

同じ江戸・浅草界隈の生れであること、幕末に親しくされていたご朋輩が私の出身藩と同じ藤堂藩であったことも含めて、杉村さまとは前世からの因縁があったように思えてなりません。短い期間でしたが、杉村様のご厚情に衷心より感謝申し上げます。どうか此の後は、久しぶりに会われた娘さんと幸せに暮らしてください。北の地から末永い息災を願っています――

新八はまだ大阪にいて、牧田道場で手紙を受け取った。

津田が藤堂藩出身の因縁に触れたことで、藤堂平助を思い出した。そして、津田三蔵の行く末を考え合わせて涙が出てきた。

（そうだ、津田も平助に似たところがあったな。危険を恐れず、自らこうだと決めたことにまっしぐらに突き進んでいく、純粋な男であった）

津田は七月二日に釧路の集治監に移され、藁細工などの軽作業に従事させられた。彼の身体が弱っていたこともあったが、それより看守は彼を国士と見て、別扱いにしたのだ。

それでも、津田は入所二カ月余の九月三十日未明、急性肺炎のため獄中死した。一説には、早い時期の死を望み、絶食していて、体力が弱っていたとも伝えられる。

後日談になるが、新八は北海道に帰ったあと、津田のその後の経緯を樺戸で同僚だった看守から聞いた。

集治監の囚人生活の辛さは分かる。晩年、釧路を訪れた折、彼の墓参りをしている。

三

永倉新八は八月の盛夏になる前に東京に帰ることとした。

娘が見つかったこともあって、上方に相当長居をしてしまったが、東京にも家族はいる。帰らないと心配するだろう。

新八は帰京の前夜、大阪で尾上小亀こと永倉磯と晩餐を共にした。磯が難波にある高級料理店の「牛鍋屋」に父親を招待したのだ。

牛肉鍋の看板が店先に飾られていた。店内には電灯が入っていて、牛肉を提供するだけにハイカラな店構えだった。

「せっかくお会いできたのに、またお別れですね」

小亀は徳利の酒を父親と自分の盃に満たした。

「そうだ。だがな、今度はしばしの間だ。上方にはお前がいる、新選組の同志だった島田魁もいる。鉄道も通っているので、いつでも来られるのだ。心配はいらぬ、折に触れて来る」

「はい」

二人は軽く盃を近づけ、そのあと顔を見合わせ、飲み干した。

牛鍋は甘い醤油汁の中に牛肉、豆腐、椎茸、ねぎや白滝が入っていた。よく煮込まれて、湯気を立てている。新八は牛肉をつまんで口に入れた。四つ足の動物を食べるのは、西本願寺に屯所があった時の豚肉鍋以来、久しぶりだ。

「牛鍋というのは、こんな甘い味にするのか」

新八は率直な感想を漏らした。

「そうですよ、父上。これが西洋の味なのです」

「美味ではあるな。新選組の時代に食べた豚肉鍋は確か塩味か、よくてそばの汁味であった。腹が減っていると何でもおいしく感じたものだが……」

「若い時はそうなのでしょうが、歳を取ると味付けが大事になりますね」

「そうだな。この味付けが文明開化ということなんだろう」

二人は牛鍋を堪能し、酒も進んだ。

「ところで、磯。東京には来ないのか。東京公演はないのか」

「今のところ、予定はありません。ですが、師匠に東京遠征をお願いしておきます」

「そうしてくれ。二十年も会っていなかったのだから。……でもな、お前はすでに大阪で大女優になっている。地元の贔屓筋を大事にしろよ。むしろそちらの方が優先されるぞ」

「ありがとう、父上」

腹が満たされると、煙草が欲しくなる。新八は箸を置いて、ゆっくりとマッチでキセルに火をつけた。ハイカラな店だけにマッチも用意されていた。

「ところで、磯。お前も良い歳であろう。だれか決まった人はいるのか」

小亀は突然の話の転換に少しうろたえた。

「そんな人、いませんよ。女優としては未熟。まだまだ学ぶことが多くて、色恋のことなど頭にありません」

小亀はそう言ったが、頭の片隅には喜三郎の顔が浮かんだ。

しかし、（彼は商家の婿養子、妻のある身）と思い、吹っ切った。

「そうか、それはさみしいことよのう。……儂が大阪で偶然知り合った相場師と瓦版屋の男がおる。二人とも武家の出で、なかなか筋の通った良い男たちだ。まだ所帯を持っていないようだ。親しく会ってみてはどうか。杉村義衛いや永倉新八の娘だと言えば、向こうは大事にしてくれるだろう」

新八は、小亀の結婚相手として紹介したつもりだったが、それよりも大阪で小亀を支える仲間として前田と大河内の二人に期待したところがあった。

「相場師とは、前田源之助さんのことですね。父上と牧田道場で最初に会った時に同席していた方」

「おお、そうだ、お前は前田とは会っていたな。お前が牧田道場に最初に儂に会いに来た時、居合わせていた男だ。……前田が相場師だと知っていたのか」

「はい、あの時は詳しく説明しませんでしたが、前田さんとは以前から顔見知りです。米相場に手を出している商家のお仲間は私の公演を見に来ていただいているし、酒席にも呼ばれたりしますので、よう存じております」

「では、お前も連絡先を知っておろう。付き合ってみても良さそうな男ぞ」

小亀も前田の骨太の男らしさに好意を感じていた。

「うふふ」と笑って、

「父上がそうおっしゃるなら、今度連絡してみます。米相場のことも聞きたいものですから」と続けた。

「お前も米相場に手を出しておるのか」

「いや、そうではありません。ですが、私の関わりのある人がやっているのです」

　小亀は言葉を濁して、喜三郎の名は出さなかった。

「相場などは止めろ。あれは博打みたいなもんだ。身を持ち崩すぞ。新選組でも博打はご法度であった。前田にも早く博打場から足を洗えと言っといてくれ」

「はい、父上様。分かりました。そういたします」

　小亀は、新八が相場の何たるか知らずに世間常識の話として危険視しているのだと思った。

「父上の奥方によろしくお伝えください。磯はしばらくお会いできませんが、私は、東京にいる母様《かか》だと思っておりますと」

　と言って、新八の今の妻よね宛ての手紙を託した。

「そうだな。お前にとっては義理の母上ぞ。弟に当たる義太郎もいる。今度来るときは一緒に参るぞ」

「義太郎さんにもお会いしたいです。次に京都に来る時はぜひご一緒ください」

新八と磯の語らいは夜更けまで続いた。

磯は新八の宿屋尾張屋まで同行した。

最後の夜だけに、布団を並べて寝ることにした。父親の温かみを忘れないために、せめての親孝行の意味もあった。

尾張屋の部屋で二つ並んだ布団を見て、磯はふと先日の喜三郎との逢瀬を思い出した。

でも、高ぶった気分はない。なぜかゆったりしている。男女の仲とは違う、これが家族の温かみなのかも知れないと思った。

布団に入った磯が酒のせいでうとうととしていると、新八が磯の布団に手を入れて肩や腕の辺りをさすってきた。

「父上、私は母様ではありませんよ」

磯が小声を出すと、

「分かっておる。でもな、お前があまりにも小常に似ているので思い出してしまったのだ。さっき寝間着に着替えるとき、座り方、どれを見てもお前の母様のようだった」

「そうですか。私は母様の子供であることは間違いないんですね」

「うむ。儂と小常の子だ」

「うれしい」

磯は肉親ができた喜びを改めて感じ、新八の手を取り、握りしめて眠りに入った。

四

永倉新八は再び列車で東京に戻った。

それに時期を合わせたように、盛夏が訪れた。

天候は概ね安定している。一度小さな台風が関西地方を襲ったが、あくまで小型台風であり、米作に大きな影響を与えなかった。

秋口を迎え、豊作はさらに動かしがたい見通しとなった。

皮肉にも、荒れると信じた喜三郎ら京都商人組の予想は外れ、小亀が喜三郎の意を受けて「煽り情報」として流した話が却って当たってしまったのだ。

喜三郎も、彼の一団も、さらには多くの売買団も（信じられない。大方の予想が外れたのはなぜだ）という雰囲気に包まれていた。

でも、物事に絶対はない。大方のお天気予報屋が数々の「見所」から分析してそう予想しても、最後に別の要素が一つ入って狂ってしまうことがある。今年の夏はその数百回に一回、狂う年に当たってしまったのかも知れない。

帳合米の取引価格は、晩夏以降安値安定となった。喜三郎の京都商人組は、値上がりを期待して大量に買い込んだ米切手を損切りという形で売りに出さざるを得なくなった。持ち続ければ、銀行から借り受けた金の金利負担に耐えられなくなるからだ。

皮肉なことに、京都組が米切手を売りに出せば出すほど米価はさらに下がり、その都度損が膨らんでしまった。

前田の一党は、五月に比較的高値で売りに出し、京都組らに買わせたあと、晩夏に安値になったところで今度は買い取りに出た。それが季節調整で幾分高値に転じたときに売りに出すので、そこでも儲けられた。前田組には申し分ない展開となった。

秋口、まだ暑さが残る中、小亀は前田源之助と差しで会っていた。

大阪の繁華街、難波宗右衛門町の料理屋。魚料理がうまいと評判の店だった。父親からは（相場には関わるな）と言われたが、以前の宴席で喜三郎から天候の吹聴を求められたことで、その結果がどうなったかを知りたかった。

併せて、父から（前田は良い男だ。会ってみろ）と言われたのを覚えていて、改めて関心が湧いていた。それで、小亀から連絡を取った。

前田はひげを剃って、三つ揃いを着こなしていた。壮士風の風体でなくなった分だけ、小亀には若く見えた。

二人の前には二合徳利と浅利と蕗の煮物の突き出しがあった。小亀から酌をされた盃を前田はうまそうに干した。

「その後、父君から連絡はありますか」

「ええ、一度だけ。東京の義母、義弟も私に会いたがっていると伝えてきました」

「ということは、杉村様は息災なんですね。……それは良かった。小生は近く東京に参ることになったので、お会いしようと思います。小亀さんから何か連絡事項がありましたら、伝えますよ」

「それは、おおきに。……後日、お伝えします。ところで、今夏の天候は私が伝えたようになりましね。前田さんは、相場で儲かりはったのですね」

小亀が内心忸怩たる気持ちでいたが、一番聞きたかったことでもあった。

「ええ。小亀さんの情報で儲けさせてもらいました。夏の初め、京都の商人組がなんだかこちらが売りに出ると買い買いの連続でした」

「それはよろしゅうございました」

小亀は、前田らを策にはめようとして、結果として逆に素晴らしい結果をもたらしたのだ。

「小亀さんには儲けさせてもろたお礼をせなあかんですね」

前田にそう言われると、複雑な気持ちになった。大阪商人組が儲けたということは、逆に喜三郎ら京都の商人組が損を被ったということは小亀にも分かっている。

「あれ、小亀さん、なんか嬉しそうやないね。なんでや」

前田は酔うと、わざと大阪弁になる。

「別に何でもあらへん。前田はんのお陰でお礼の金が入るのやから、嬉しいことはうれしいおす」

「そうか、それで安心した」

前田はそう言いながら、小亀に盃を干すよう勧め、さらに酒を注いだ。

仲居が魚料理を運んできた。戻り鰹の刺身とにしんの煮つけだった。

「ちょっと躊躇《ためら》ってしまうのだが、酒の席だから敢えて言わせてもらう。儂は前から小亀さんのことが気になっていたのや。つまり、好いていたということ」

前田は鰹の一片を口にしながら、小亀の顔を見ず、酔った勢いでささやいた。

「えー」

小亀は少し驚いたが、自分も前田を憎からず思っていたので、前田とは逆に男の方に顔を向けた。しばらくして小声で笑いだしたのは、先日の父親の言葉を思い出したのだ。

「大の男が女に思いを伝えることがそんなにおかしい？」

前田はちょっと怒った感じになった。

小亀は透かさず、

「いや、前田はん。実はね、父上が京都を離れる前に『前田は良い男だから付き合ってみたらどうか』と言われたんや。それを思い出して」

「何、永倉殿はそんなことを言われたのか。……吾輩は正直、嬉しいんやが……」

「でも、面白うおす。前田はんは長州出身ですやろ。私は幕府側。しかも、ぎょうさん長州人を殺めた新選組永倉新八の娘や。親が敵同士でも、結ばれることは可能なんやろか」

それを聞いて、前田は大笑いした。

「小亀さん。今は明治に入って、最早ふた昔も過ぎた時代です。今さら、長州も幕府もないでしょう」

強い口調で言う前田の言葉に小亀は心を動かした。そして、自分の方から、前田の傍に寄り、腕を取った。

「これがほんまの長州と新選組、討幕側と幕府側の和解なんやろか」

小亀が冗談交じりに古いことを言うので、前田は「カッカッカ」と大笑した。

五

本格的な秋を迎えて、街中の樹木も色を染め出したころ、尾上梅昇一座の公演は大阪で行われていた。今度の演目は、「義経と静御前」だった。小亀が静御前を演じている。

小亀は前田源之助と親しい関係になり、互いの住まいを行き来していた。結婚という形は取らないのは、舞台芸人としてまだまだ未熟、もっと芸事が上手になり、活躍したいとの思いがあったからだ。

前田と付き合っていることを東京の父親に知らせたら、新八から返書が来た。

――そうか、それは良かった。先日、前田が東京に来た時に、お前との付き合いをほのめかしていたが、そうだったか。彼はなかなか骨のある男ぞ。今さら、長州も幕府も関係ない。お前が気に入った者と付き合うことが大事だ。ただな、博打うちのような相場師の仕事は危ない。もっとまともな職に就けないかと儂が言っていたと伝えてくれ――

そのあとに、

――それからな。話しておきたいのは、吉さんの父親である藤堂平助のことだ。藤堂と儂とは深い因縁があった。新選組の時には仲良くしておったし、芸妓であったお前の母親の小常と胡蝶も仲良しだった。だが、儂と藤堂は最後に敵同士になってしまった。誠に残念であった。彼が死んだ原因も儂にある。だから、吉さんとはずっと仲良くしていて欲しいし、胡蝶さんにも親切にしてあげて欲しい――

新八は文面で、藤堂との関係について、新選組時代から御陵衛士として別れていくところまで大づかみに説明した。そして、四条油小路で新選組と御陵衛士との決闘で二人が対峙し、自分の目の前で死んでいったことまで明らかにした。

小亀は、文を見て、京での父親の足跡をおぼろげながら追うことができた。

その後の文で、吉が嵐山の胡蝶の家に通い、面倒を見ていることを告げた。吉も二十数年ぶりに母娘の温もりを確かめ合っていたのだ。


椎葉屋の喜三郎は、養子に入った先を繁盛させるどころか、相場に賭けた自らのせいで破産の瀬戸際まで追い込んでしまった。同時に、仲間の商家にも大損を与えてしまったので、面子が丸つぶれになってしまった。

今や、小亀は上方の有名女優であるから小金を貯めているだろうとの思いから、喜三郎は、一度は小亀からの借財を考えたが、結局、金の無心はあきらめた。

幼馴染をいいことに煽り情報を伝播してもらったが、見事その罠にはまり込んでしまったのは自分らであるから、今さらその付け回しはできない。恥の上塗りにもなってしまう。大店主人の矜持であろうか。

喜三郎は椎葉屋から出奔した。小亀の前にも現れず、今でも、その行方は分からない。

椎葉屋は気丈夫な妻が切り盛りして、呉服問屋の商い自体は何事もなかった様子であると小亀は風の便りに聞いている。

新八はその後、明治三十三年（一九〇〇年）に京都を再訪している。西本願寺の寺男、島田魁が死んだ時だ。前年に北海道小樽に転居していたが、北前船の定期便で長駆京都を再訪した。この時は、長男義太郎を異母姉の小亀に会わせようと二人旅だった。

「私はあのころ、突然姉ができて本当に嬉しかったです」

弟は、上方で大女優になっている姉を誇りに感じているようだった。

「私もよ、義太郎さん。二十歳すぎまでまったく別の家の人間として育ってきた。その家は女ばかりだったので、男の肉親ができて良かったわ」

尾上小亀、実の名永倉磯は明治三十八年（一九〇五年）の暮れ、病によって三十八歳で亡くなった。死の直前、小亀は父親宛ての手紙を連れ合いに託した。

——病気が重くなり、間もなく彼岸に渡りそうです。先立つ不孝をお許しください。実の父親と再会できたことは今生で一番の幸せでした。その楽しい思い出をずっと持ち続けていきます。ただ、父上に告げておかなければならないのは、私は永倉磯でなく、岡田磯子として京都の岡田家の墓に入るよう頼んであります。大変申し訳ないことなのですが……。

私は江戸の立派な侍の娘ですが、育ったのは京都、役者として育てていただいたのは大阪。ずっと上方で過ごしてきました。岡田の母親は私を実子のようにではなく、本当に実子としていつくしんでくださいました。ですから、私は東京の永倉家でなく、京都人岡田家の人間として旅立ちます。どうか父上様にもご容赦くだされたく……――

「せっかく会えたのに、若いお前が先に逝くか」

永倉新八、今の杉村義衛は、小亀の死を知って嘆き悲しんだ。

岡田磯子とすることは寂しい気持ちながら、それも「諒」とした。二十年以上も放っておいたのだからしかたがないという思いだった。

ただ、新八は小樽の杉村家の墓碑銘では「永倉磯」の名を刻み、小亀の空の骨壺には、父娘再会の決め手となった赤い巾着を入れた。

「幸運の巾着を持って三途の川を難なく渡れるように」「彼岸に行ったら、母様によろしく。心置きなく甘え、抱いてもらえ。この世ではたった四カ月しか母様の傍にいられなかったのだから。さぞや母様も喜ぶだろうよ」。

新八は骨のない骨壺を北の大地に埋めるときに、そう言って泣いた。

新八が亡くなったのは、娘の死の十年後。大正四年（一九一五年）のことである。享年七十六歳。

幕末に京の巷で必殺剣を振るっていた男はその後半世紀、街に電灯が点り、列車、自動車が走り、無声映画も鑑賞できる時代まで生きた。

新八は晩年、「土方が生きていて映画を見たら何と言うだろうか」と語っているが、これは、明治、大正時代の変化の激しさを感じたが故の彼自身の感慨に違いない。


（了）

筆者後記

新選組に永倉新八という隊士がいたことを知ったのは、大学時代にJR板橋駅前にある近藤勇、土方歳三慰霊の石碑を見かけたのがきっかけだ。石碑の裏側に、建立者は新選組隊士永倉新八こと杉村義衛《よしえ》と書かれてあった。実はこの地は、下総の流山で捕まった近藤が東征軍（官軍）によって斬首されたところなのである。

永倉が石碑に「近藤、土方の墓」と記したのは斬首の地という理由だが、多くの新選組ファンが承知しているように土方は箱館戦争で戦死しており、ここには眠っていない。近藤の首級は京都に運ばれ、三条河原でさらされた。胴体部分は当初この地に葬られたようだが、その後、近親者によって掘り起こされ、郷里の調布の方に運ばれている。本当は「墓」ではなく、「慰霊碑」とすべきだったのであろう。

石碑の所在地は板橋駅前の真ん前にありながらも、地番で言うと東京都板橋区でなく北区滝野川である。五十年前に私の通っていた大学は北区西ヶ原にあり、地方から出てきたクラスメートの友人が滝野川商店街の寿司屋の二階に下宿していた。そのため、私は友人の下宿にしばしば遊びに行き、板橋駅前に飲みに行ったが、行きつけの大衆居酒屋が石碑のすぐ隣だった。だから、板橋の近藤、土方の石碑というと、今でもすぐに安酒の代名詞だったホッピーの味を思い出してしまう。

板橋駅前の「近藤、土方の墓」石碑

　二〇二二年春、久方ぶりに板橋を訪れたが、石碑の敷地内も周辺のあり様も大変な変わりようで、驚いた。周辺にはビルが立ち並び、「墓」の前にはきれいな花が供えられ、敷地内がきちんと掃き清められていた上、近藤勇の石像や碑文までできていたからだ。もちろん、隣にあった古ぼけた平屋の大衆居酒屋はなく、大きなビルが建っていた。

新選組と言えば、土方歳三、近藤勇、沖田総司、斎藤一が有名で、それぞれが主人公になった小説も数多い。とりわけ、土方は司馬遼太郎の小説「燃えよ剣」で取り上げられ、映画、テレビ劇で再三映像化もされている。箱館で撮られた総髪洋装の写真が美男子で写っているために、その生き様のカッコ良さと相まって、多くの女性ファンを虜《とりこ》にしてしまった。

沖田もさまざまな新選組の映像化の中で、優男の美男子として描かれている。何か天真爛漫の子供っぽい感じを与える半面、剣は隊内で一、二を争うほどにめっぽう強かったと言われる。そういうアンバランスが多くのファンを引き付けている。斎藤一も無口で剛腕の剣士だったようで、漫画や映画の「るろうに剣心」シリーズの中にも登場しており、若い世代にはお馴染みだ。

それに比べて、市谷試衛館時代からの仲間であり、新選組で副長助勤、小隊長となっていながら、永倉や藤堂平助、原田左之助、井上源三郎は彼らほど有名ではない。永倉と藤堂は、新選組決戦のハイライトというべき池田屋事件では近藤、沖田とともに、最初に不逞浪士の中に斬り込んでいる。近藤の信厚い隊士だが、その割には小説、映画、ドラマなどで中心的に取り上げられることはほとんどない。

そこで、私はとりわけ神道無念流の免許皆伝で凄腕《すごうで》の剣客である永倉新八に関心を持ち、調べ始めた。そして、驚いたことに、彼は幕末の動乱を生き抜いたばかりでなく、明治、大正時代まで生を全《まっと》うしていたのだ。近藤、土方らは徳川の世に殉じた形で亡くなっているが、意外にもかなりの数の隊士は薩長支配の明治時代に入っても世間の片隅で細々と暮らしてきた。永倉は斎藤一とともに、そうした生き残り組の代表格だ。

私は、永倉新八が明治以降どう生きたかという点に強く興味を引かれた。彼は明治二十四年（一八九一年）に京都を二十三年ぶりに再訪している。それは、今の京都がどうなっているか見たいというノスタルジックな思いがなかったわけではなかろうが、実は他に生き別れた娘に会いたいという目的があったのだ。私が、明治時代の永倉新八を主人公にした小説が書きたいなと思ったのはそれが契機だった。

土方や井上源三郎らの郷里、多摩の日野宿に、天然理心流の道場を持っていた佐藤彦五郎という名主がいた。土方歳三の姉の亭主でもあったので、歳三は兄事というより父親のように慕っていたようだ。現在、彦五郎の子孫が地元で資料館を開いており、その中で永倉が彦五郎宛てに送った書簡が展示されている。書簡で永倉は京都再訪の目的について、「(三条河原でさらされた後の)近藤の首を探したい」などと書いている。

だが、私は、それは建て前で、真意は別のところにあったと考えている。京で懇《ねんご》ろになった島原の芸妓小常との間にできた娘を捜し、会いたかったのだ。一説には、永倉は東京ですでに娘が大阪の新劇の大女優になっているとの消息を知り、上方に会いに行ったとの話もあるが、私の小説ではあえてそれを否定し、一からの娘を捜す旅とした。

永倉が芸妓小常と出会った時期は定かではない。ただ、はっきりしていることは、新選組隊士も加わった宴席で会ったのが最初であって、彼の方が一目惚れしてしまったのだろう。永倉はその後、島原で宴席を持つたびに、小常を呼んでいたようだ。特に、慶応三年(一八六七年)の年明け、伊東甲子太郎、斎藤一らとともに隊規に反して島原に四日間流連《いつづけ》た時にも小常を呼んでいる。実はこの時、小常のお腹にはすでに永倉の子供を宿しており、本来ならお座敷に出る体ではな

京の遊郭「島原」の大門

かった。それでも、永倉が小常を傍に置いたのはよほど思いを寄せていたからだと推察できる。

　小常の古里について、本書では「越前若狭」としたが、実のところ良く分からない。恐らく、地方の貧しい家に生れ、幼少のころに女衒《ぜげん》に連れられて京に連れてこられたのであろう。想像するに、永倉は小常から貧しい生い立ちを聞く中で、松前藩江戸定府役の父親を持つ豊かな武家出身からすれば信じられないような新鮮な驚きを感じ、同情の念を深めたことであろう。体の関係を通じて気持ちが高まれば高まるほど、同情から激しい愛情に転じて行ったのではなかったか。

　永倉新八は小常との関係を〝遊び〟で終

わらせず、結婚し、正式な妻として迎え入れた。人斬りという新選組の生業《なりわい》の中でも、女への優しさを持ち続けたという点では、土方、沖田、原田ら他の新選組剣客とも通じるところがある。特に小隊長仲間の原田左之助とは後年、江戸に戻ってからも歩みを共にしたが、彼も京で知り合った女を妻とし、子もなした。原田は北関東に転戦した際、一時妻子に会うために京に戻ろうとの意思を示したほどだったと言われる。

永倉と原田の二人は京の家族に執着したばかりでなく、武家出身独特の律儀さ、素朴さ、生真面目さを持ち、恬淡とした生き方を貫いている点でも共通している。その辺は、江戸に正式な妻がいたのに休憩所に妾《めかけ》を囲った近藤勇とは異なる。近藤は農家出身ながら武士に転じたためか、幕閣にも駆け上ろうとする出世意欲が強かったし、金に固執する成金思考からも抜け切れなかった。

小常は慶応三年七月六日に永倉との子、磯を出産した。そして産後の肥立ちが悪かったために、十二月十一日に病没する。この世で母娘が肌を接したのは半年にも満たない短期間であった。乳母の貞子が不動村の新選組屯所近くに磯を連れて行ったのは、小常が死んだ翌日であった。永倉にしたら、愛しい妻が産んだ最初の子供であるので、別れがたい。だが、新選組隊士として武士の面目を全うしなくてはならず、明日の命をも知れない我が身からすれば、如何ともしがたい。五十両と赤い巾着を渡し、乳母に善後策を頼むのが精いっぱいの対応であったろう。

幸いなことに、新八は幕末の戦乱を生き抜いた。二十年以上経って、明治の安定した時代になり、東海道に鉄道も通った。そこで、老境に入った男が「あの子はどうしているだろう。もし、生存していれば会いたい」と思うのは自然の感情である。新選組の旧隊士が京に残した〝遺物〟や思いにどう向き合ったかというのも大きな題材であり、筆者が描きたかったところでもある。

ただ、長編小説としては、父娘の再会話だけでは不十分である。メインストーリーに絡ませる別の出来事はないかと探っていったところ、同じ明治二十四年五月十一日に大津事件が起きていることに気付いた。来日中のロシア皇太子が警備の巡査に斬りつけられるというショッキングな事件は、当時国内外で大問題になった。もちろん、永倉新八が犯人の津田三蔵に関わったというのは想像の話であるが、事件当時二人が近くにいたことを考慮すれば、荒唐無稽の話でもない。

新選組も当初は尊王攘夷思想をバックにしていた。一方、津田三蔵は、薩長政府による急激な文明開化、過度の西洋礼賛ムードに強い不快感を持ち、攘夷論者になったようで、二人を結びつけるモチーフはある。そこで、永倉と津田を絡めたストーリーを創作したのである。

永倉と津田の中間に存在する人物として西郷隆盛を取り上げたが、二人は西郷との因縁も深い。永倉は、会津、薩摩両藩が連携していたころに、会津藩が京で宿営していた黒谷の金戒光明寺で西郷に会っているし、その後は官軍、幕軍で敵対関係となった。津田は西南の役に従軍し、西郷軍を敵として戦った。

大津事件の裁判記録を調べて見たが、すると、津田は極端な攘夷論者であり、特に北方、北海道を侵食しようとしているロシアを憎んでいたことが分かった。北海道で暮らした経験がある永倉新八も津田のロシア脅威論を理解できたはずである。

一方、西郷の城山脱出、海外逃亡説も西南の役終結当時から、広く流布されていた話で、津田はかつての敵将である西郷の動静に強い関心を持っていた。そんな折に、西郷がロシアに逃げ、しかも海外の手先になって帰朝するという風説を聞き及び、信じ込んだようだ。津田は、ニコライ皇太子を襲った時に「見たか、西郷」と叫んだというが、西郷とロシアの関係性についてずっと疑いを持たなかったのである。

裁判所は、襲撃に及んだ理由として、「津田は狂人だった」という結論でケリをつけた。ニコライ自身が明治天皇に対し「おかしな男はどの国にもいる」と言って問題視しない態度を示したので、日本の司法当局としても、犯人を狂人にしておけば余計な弁明をしないで済むと判断したのであろう。攘夷思考などという政治的な理由を持ち出せば、ロシアに対してだけでなく、日本の国際的な立場全体が悪くなるだけである。

当時、文明開化が進み、西洋人が数多く来日し、数多の狼藉《ろうぜき》が伝えられるに伴い、不平等条約の存在が知られるようになり、巷間《こうかん》で外国人への反感、つまり攘夷の意識が高まっていたことはまた事実である。津田三蔵は、そうした怒りを持つ市井の一人であったのであろう。本小説は、永倉新八の妻子に対する愛情物語を主軸にしているが、筆者は本書で、堂島米市場の話も含めて背景にある明治の時代性も感じて欲しいと願っている。

コスミック・時代文庫

新選組最強剣士《しんせんぐみさいきょうけんし》
永倉新八恋慕剣《ながくらしんぱちれんぼけん》

2022年6月25日　初版発行

【著 者】
日暮高則《ひぐらしたかのり》

【発行者】
相澤　晃

【発 行】
株式会社コスミック出版
〒154-0002 東京都世田谷区下馬 6-15-4
代表　TEL.03(5432)7081
営業　TEL.03(5432)7084
　　　FAX.03(5432)7088
編集　TEL.03(5432)7086
　　　FAX.03(5432)7090

【ホームページ】
http://www.cosmicpub.com/

【振替口座】
00110-8-611382

【印刷／製本】
中央精版印刷株式会社

乱丁・落丁本は、小社へ直接お送り下さい。郵送料小社負担にて
お取り替え致します。定価はカバーに表示してあります。

ISBN978-4-7747-6390-3 C0193